内野健児の詩と教育

明星《みょうじょう》学園の自由とともに

宮下今日子

新読書社

〈凡例〉

一　文中の内野の引用文は、多くを『新井徹の全仕事』内野健児時代を含む抵抗の詩と評論（創樹社刊、監修：大江満雄・小田切秀雄、編者：村松武司・任展慧、１９８３年5月31日初版第1刷）によった。本の引用表記は『全仕事』とした。

二　引用文は、適宜旧漢字を新字体とし、一部はひらがなにした。旧かなづかいは、適宜現代かなづかいに変えた。

三　明星学園の記述については、『明星の年輪―明星学園90年のあゆみ―』（明星学園、出口一彦発行。『明星の年輪　明星学園90年のあゆみ』編集委員会、２０１４年10月１日発行）に多くを負った。その際、本の引用表記は『90年誌』とした。

四　中学校は旧制中学校のことである。文中では中学校と表記した。

五　人物名は尊称略とした。

六　朝鮮人を〝鮮人〟と記す原文についてはそのまま用いた。説明文では朝鮮人とした。

内野健児の詩と教育——明星学園の自由とともに〈目次〉

序章

内野健児先生の
お墓参り

内野健児

少し重たい雲と、しめった空気を感じる晴天の5月。私は、内野健児先生が眠る都立八王寺霊園を訪ねた。

明星学園が誕生したばかりの昭和3年。創設者の一人、上田八一郎に導かれるかのように、朝鮮を追放された一人の教師が、明星学園の中学校（旧制中学校）にやってきた。ロイド眼鏡にきちっとした身なり。面接に訪ねた彼は、草が茫々と生え、小屋ほどの、およそ学校らしくない小さな校舎で、上田を待った。上田もまた上田で、ひょいっと現われ、気が向いたらいらっしゃい程度の対応だった。朝鮮で教えた経験のある上田は、もちろん内野のうわさは知っていた。

朝鮮を追放された内野にとっては藁にもすがる思いだったので、面接は感謝しかなかった。そして、彼は46歳で死去するまで約15年間、明星学園に勤めることになった。

霊園の正門を入ると管理事務所があったので、そこに立ち寄り、内野の全集『全仕事』から見つけた墓地の番地を見せて探してもらった。古い番地だったためか、すぐにはわからなかった。しばらくして、「詩の書いてあるお墓ですね」と係の若い男性が思い出したように言うので、内野の墓がそんな風に記憶されているのか、と少し嬉しくなった。

広々とした園内に入り、坂道を登っていくと、多摩丘陵を切り崩してつくられたこの墓地一体は、上に登るほど、真下に町を見下ろすことができた。うっそうとした樹木の間から町一帯が見えると、不思議と気分が晴れた。

都立のこの霊園は、近代的に整備され、四角い墓石がずらっと行儀よく並んでいる。そこに混じるように、内野の墓は立っていた。なるほど、墓石の正面に、詩が彫られている。私はその文字に、すっと視線が吸い込まれた。

雨に洗われた　月の美しさ
涙に洗われた　人の美しさ

健児

詩が正面に、しかも堂々と刻まれた墓石を見たのは初めてだ。このやや横長の墓石は詩文を刻むのに適しているとも思えた。

それにしても参拝者は見当たらず、芝を刈るおじさんが、大きな音をたてて芝刈り機を動かしていると、何だか殺伐とした思いが込み上げたが、その音がやむ

内野家の墓　健児の詩が刻まれている
著者撮影

と物音は消え、続けて、鳥のさえずりが聞こえてきた。ベンチで休むもう一人のおじさんは、私に軽く会釈をした。墓地に平凡な日常が戻った。

内野が活動していた時代から、かれこれ100年近く時は流れた。彼の活動期は近代化による植民地政策と、昭和初期の治安維持法下で強権が猛威をふるい、戦争に向かう〝恐ろしい〟時代。

しかし、100年の間に人はその記憶を失ったのではないか、とふと思った。花も水も手向けられていない内野の墓をみると、私は急いで霊園の坂を降り、花を買いに外へ出た。内野の墓に、私はどうしても人の気配を残したかった。

解放運動　無名戦士の墓（青山墓地内）　著者撮影

内野は、生まれ故郷の長崎県対馬と、青山墓地（東京都港区）にある「解放運動 無名戦士墓」、そして、ここ八王子と、三カ所に墓がある。三つの墓は、46年という、短いが、波乱に満ちた彼の人生を、それぞれの意味をもって刻んでいる。

その一つこの八王子の墓地は、最晩年まで中央線沿線に住み、三鷹市の明星学園で過ごし、我が子を育て、その一方でプロレタリア詩人として活動した、この東京の地に建てられたことになる。

墓碑には「昭和四十八年七月夏　郁子書　内野　晃　建之」と彫られているので、墓地を建てたのは長男の晃さん。詩の筆跡は妻で詩人だった後藤郁子による。この墓は、内野ファミリーの姿を留めている。

夫婦であり、詩活動の同志でもあった健児と郁子は、朝鮮半島で知り合い、郁子は親の反対を押し切って内野を選んで結婚。同じ志で詩を書き、国家に抗し、捕まっても抵抗し続け、貧乏暮らしをいとわずに、二人は激しく命を燃やした。郁子は結婚を決めた理由をこう書き残している。「権力よりも文化、詩芸術をたづさえて日鮮友好したいという彼の気持は美しいし、協力できるならばとその時感じました」

私は、〝革命家〟だった詩人内野と暮らした、詩人であり、妻であり、母であった郁子のことを思った。墓に彫られたこの詩は、生活に疲れたのか、郁子が家の中で憂いている時に、健児が詠んだ詩だという。あまりにも美しいこの詩は、闘いを終えた後の静かな安らぎを感じさせる。今ようやく、この地に安息を得たように、二人は静かに眠っているように思えた。

そして私は、この二人の感性に向き合いた

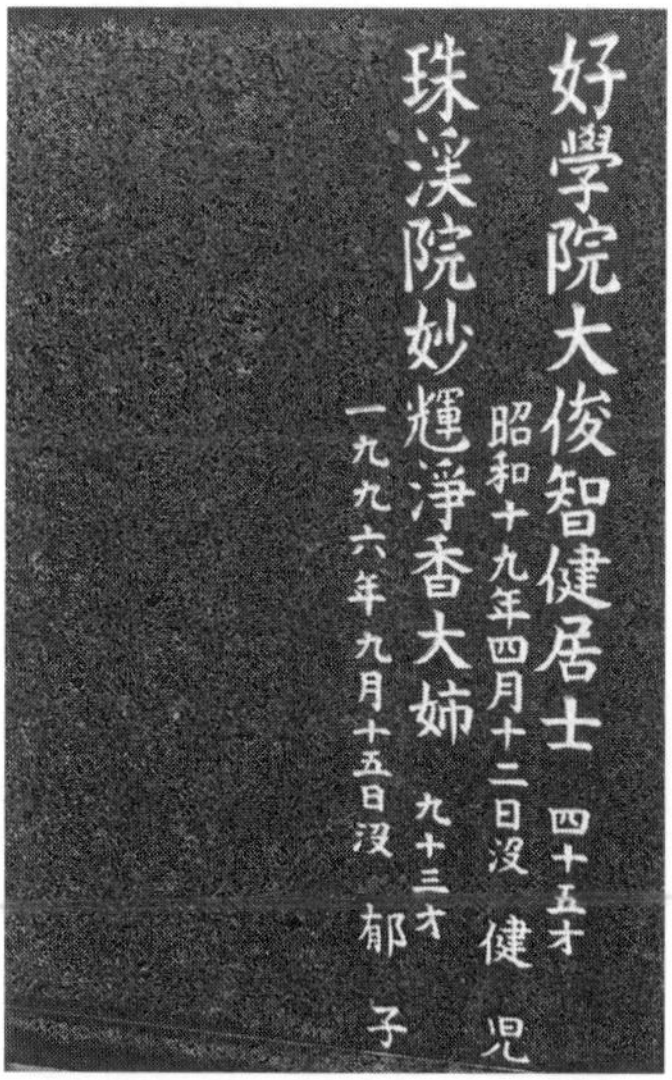

健児と郁子の戒名が刻まれている
著者撮影

いと思い、墓碑に彫られた〝美しさ〟という文字をもう一度、眺めた。

もう一つ、私が内野の墓を訪ねたいと思ったのには大きな理由がある。それは、明星学園が、この反体制派の教師をよくぞ首にせず雇用してくれたこと。そして、内野を世の中の困っている人のために闘う人と知り、最期の時まで支えた明星の教師や教え子たちのことを思ったからだ。

内野は生徒と『星雲時代』という新聞をつくり、生徒の面倒をよくみた。その傍ら内野はプロレタリア詩活動を続け、何度か拘留されている。〝新井徹《あらいてつ》〟というペンネームを使って活動し、プロレタリア詩人であることを生徒には隠していたが、生徒はうすうす知っていた。内野の拘留は、小林多喜二が拷問死した時期と重なり、世の知れるところであったのだから。内野は多喜二らと関わり、活動のほぼ中枢にもいたのである。

郁子は後年、教え子から手紙をよくもらったと回想している。その中には「先生もうあんな烈しい詩は書かないで下さい」と書いてあった。生徒たちは「名を変えても教え子は別のところでの先生の行動を知ってなお尽くして」くれたと感謝を込めている。

そして、内野は徐々に体調を壊し、死ぬ前の数年はほぼ学園を休職していた。しかし、その時の給料や生活費などを、生徒や卒業生らが工面していた。内野の教え子で、『星雲時代』に記事を書いていた恩地邦夫（1942―1986、高校長・美術）は「肺を悪くされ、休職されてからは、当時の学園の経営として、現職の先生の給料すらことかく時があったので、まして休職の先生の保障などできなかったに違いない。療養費、生活費に困っておられたのに心配した卒業生が小使いを節約して、拠金し、当時百円位一般の俸給額であった頃、七〇円を毎月さし上げていた」と、『明星会報』の創刊号（昭和30年5月発行）に書いている。

内野が生徒に伝えたことは、この『星雲時代』に残されている。内野は、自分の世界だけに籠らずに社会に眼を向けること、そして、〝自分の言葉で語ること〟の大切さを生徒に教えた。教育勅語を柱に、天皇を崇拝し、戦争へと煽動されていく時代の中で、権力側の教えを妄信せず、報道の言葉を信用せず、自分の目で見たものを信じ、自分の言葉で語れ、と彼は説いた。

しかし、時は彼の命を飲み込んだ。「東京は空襲で火の海になる」と予言し、昭和19年4月、46歳の短い生涯を閉じた。

彼の死の翌朝、教え子たちから、うす紫のデンドロビュームの高価な蘭の一鉢が届いた。郁子は、心のこもった贈りものを一眼、彼に見せたいと思った、と綴っているが、内野はもうこの世にいなかった。

お墓の前で私は、内野に届いた〝うす紫のデンドロビューム〟を思い浮かべた。内野は花を見ずにこの世を去ったが、内野のことは人の記憶の中に生き残っている。

私は、墓前を去る前に、もう一度、墓碑に刻まれた「雨に洗われた　月の美しさ　涙に洗われた人の美しさ」の詩句を眺めた。内野の死を悼み、生徒たちの流した美しい涙を思った。

明星学園は創立１００年を迎えた。内野は草創期の約20年間、在職したことになるが、その間、教え子や教師らは、戦場に駆り出され、28名が戦死した。

これは、遠い過去の出来事だろうか。これから100年先、明星が明星であるためには、内野の生き様の中に、そして彼と関わった人々の中に、きっとそれを見つけるヒントがあるように思う。

I

内野健児の朝鮮体験

1. 生い立ち

出生地は長崎県対馬

内野は、１８９９（明治32）年、長崎県対馬で生まれる。彼は対馬について「リマン海流とツシマ海流の交わるところ／寒流と暖流の霧をかもしだすところ／潮風にさらされた島である」と書く（『全仕事』「はるかな愛」）。

リマン海流は、ユーラシア大陸から朝鮮半島に沿って冷たい潮を、対馬海流は、日本沿岸に沿って温かい潮を運ぶ。その二つの潮がぶつかり合い、激しい潮風にさらされた島が対馬。日本列島だけでなく、ロシアや朝鮮の方へ目を向けて、ダイナミックに対馬を捉えている。

対馬からは、晴れた日には朝鮮半島が見える。朝鮮民族との行き来も昔からある土地だった。そのことは、これから訪れる彼の運命に大きく関わってくるのである。先走って言うなら、内野の生涯は、常に対立する渦潮の中に身を置き、それに抗いながら、島の人々の生活を守ってきた、この対馬のようだった。

彼の祖先は代々、対馬藩主、宗氏の家臣で、父は明治維新後、武士階級が廃止されると巡査になる。その後、文房具店を営むが失敗し、朝鮮の新義州《しんぎしゅう》に渡っている。内野は後に、「僕の父親は商人として成功しきれなかった／戦争景気にいくらか恵まれながら／あまりに祖先伝来の志がわざわいした／儲かるところも良心的に儲けすぎず／いくらか遺した利益も人のよさで／祖父の借金の後片づけに消してしまい／生命からがら朝鮮三界に落ちのびた」（前出書）と書いている。

お人好しだが、時代に翻弄されて生きた父の姿である。ここに書かれている戦争景気とは、おそらく日清戦争か日露戦争後を指すのだろう。内野が4人目の子（次男）として誕生したのが1899（明治32）年なので、その頃は戦争景気もあり、まずまずだったようだが、父は祖先の借金にも追われ、その後、国内で失敗し、朝鮮に渡る。「生命からがら朝鮮三界に落ちのびた」というのだから、切羽詰まった果てのことだったと思われる。

青年教師の夢

内野は、1916（大正5）年に、長崎県立対馬中学校を卒業すると、県の推薦で広島高等師範学校に入学する。学生時代には、詩や短歌の創作に熱中し、短歌雑誌『桜草』『サラサ』という二つの同人雑誌に投稿している。教師への情熱は強かったが、いわゆる文学青年でもあった。

１９２０（大正９）年に同師範を卒業すると、福岡県直方市の中学校の教員となる。「修身科教員科国語及漢文科」という教員免許だから、今でいう国語科教員にあたる。

中学校では、生徒と一緒に短歌をつくったり、その作品をガリ版刷りで出していたという。後に明星学園に就職した時、生徒と『星雲時代』という新聞を、やはりガリ版で出していたのだが、この頃から生徒と一緒の手づくり作業を好んでいたのがわかる。

次の文章からは、青年教師の熱い思いが滲む。

「学窓を出る青年の胸は／いっぱい夢にふくらんでいる／すべての事がわが思うままに進み／すべての事が自分を待っている／少年達は僕の理想に輝やいた少年達となるであろう／街の子供達は僕の美しい思想と感情に包まれて／青い鳥の世界に遊ぶであろう／僕は数々の夢を実現しようとする／青年教師として筑紫野の／遠賀河畔に立って幸福であった／少年たちは僕の意のままに動き／街の子供達は僕の興したお噺の会に集まって来た」（前出書）

教え子との別離

理想や夢を語る青年教師の情熱はまぶしい。しかし、直方での教員生活はわずか1年で終わってしまう。「夢がいよいよふくらみ始めた一年目／僕はその計画を放棄してそこを去らねばならなかった／家財を失って故郷を逃れた」

日本で中学教師として実現したかった理想はたった1年でついえ、先に書いたように朝鮮にいた親元に呼ばれたのだ。「家財を失って故郷を逃れた」のだから、両親は生活に困窮し、朝鮮に出稼ぎに行ったのだろう。実質の長男（長男は11歳で死亡）だった健児は、弟の養育もあり、頼りにされたのだろう。

内野の夢は、「少数の者への愛よりは／多数の者への愛に燃える／二三人を幸福にすることより／千人、万人の楽園を建設しようと想う」と大きな責任感が伴うものだった。彼の教育観や人間観の中には、常にこの万人の楽園があったように思う。それが朝鮮に行くことで断念せざるを得なくなったわけである。その悔しさと、生徒との別れを惜しみ、内野は短歌を二首詠んでいる。

「離情」
しょんぼりと　見送りし子ら　かの駅に　永久に立ち居る　如くおぼはる
わがさかる　ことにかかはる　こともなく　人の子ら遊べり　遠賀河原に
（ひととせ教鞭をとりし九州直方の地を三月二十七日去る）

この「離情」と題する二つの短歌は、1921（大正10）年3月、福岡県直方を後にし、朝鮮に渡った直後に、〝津島生人〟という筆名で投稿したもの。発表誌は『水甕』（水甕社刊）という雑誌で、第8巻第7号（7月1日）に発表されている。この雑誌は1914（大正3）年4月に、著名な歌人、尾上柴舟《おのえさいしゅう》らによって創刊されている。

　この短歌には、可愛がった教え子らとの別れを惜しみ、しょんぼりと、永久と思えるくらい長く駅にたたずんで、内野を見送る子どもたちの姿が切ない。そして、河原で無邪気に遊ぶ子どもたちに知られず、そっと立ち去る内野の姿が浮かぶ。何ともし難い運命を前に、為すすべもなく立ち去る内野の無念さを思わずにはいられない。

旧植民地朝鮮と鉄道

内野の父母が、幼かった弟の壮児を連れて渡った先は、朝鮮の新義州というところだった。新義州は、北朝鮮と中国との国境付近に位置する厳寒の都市。どうしてまた、そんなに遠くまで行ったのだろうか？　新義州駅は日露戦争後に開通したので、内野の父が渡鮮したのはその後になる。実際、何年に新義州に渡ったか正確にはわからないが、健児が朝鮮の大田《テジョン》に渡るのが１９２１（大正10）年なので、その前であることは確かだろう。

　新義州駅は、京城《けいじょう》（現ソウル）からさらに北に延び、北朝鮮の首都、平壌《ピョンヤン》を通り越して、さらに北に向かったところにある駅で、鴨緑江《おうりょくこう》をはさむと、対岸は中国東北地方の安東《あんとん》。安東は今でも朝鮮民族が多く暮らしている国境の町として知られる。

『最新日本交通圖』という朝鮮半島の鉄道地図を見ると、新義州と安東の文字が見える。戦前にはこうした鉄道地図がたくさん出回っていた。当時は、朝鮮だけでなく、満洲、中国、台湾、樺太の地図もあり、当時の日本人は〝外地〟と呼ばれた植民地に、地図を片手に、まるで自分たちの土地であるかのように出掛けていった。当時は飛行機がないので、中国大陸に行くには、日本から釜山に渡り、鉄道で朝鮮半島を縦断して行くのが主流だった。

新義州という駅は、日本から中国大陸へ向かうために敷設された「京義線」という沿線の一つの駅だった。その名が示すように「京義線」は、京城の京と、新義州の義をとっている。日露戦争後にロシアから南満州鉄道（満鉄）を譲渡すると、これを機に「京義線」が全面開通した。新義州駅ができたことで、日本から釜山、ソウルを経て、中国大陸へ繋がる大動脈が出来上がり、日本の中国大陸への道線が仕上がったのである。ちなみに、この路線はその後、南満洲鉄道（満鉄）の安奉線と繋がり、１９１３（大正２）年以降は、京義線、満鉄、シベリア鉄道と乗り継げば、ソウルからロンドン行の乗車券が手に入った。鉄道によって世界がグンと広がる時期でもあった。

そして、新義州の街は、１９１０（明治43）年の〝韓国併合〟によって一層拡大する。新義州は鴨緑江岸の豊かな森林地帯。これに目をつけた日本の材木商や製紙会社がこぞって進出。大手の新義州木材株式会社、朝鮮製紙株式会社などは有名である。

新義州駅舎は、植民地スタイルの瀟洒な駅。内野の父は、勢いのあったこの新興の町、新義州に活路を見出そうと渡ったのだと想像できる。希望を胸に一家はこの駅に降り立ったのかもしれない。そして、内野は朝鮮の中学校に勤めることになる。

2. 大田《テジョン》に着いて

旧植民地朝鮮と日本人

日本人はどんな事情で外地に渡ったのだろうか。旧植民地朝鮮に渡った日本人の事情について、高崎宗司は、日本で食い詰めてしまい、新天地の朝鮮に行けば、何かよい仕事があるだろうという淡い期待を持って渡る人々が多かったと書いている（『植民地朝鮮の日本人』）。まさに内野一家もその一人だったのだろう。

朝鮮に渡った日本人はどのくらいかといえば、全体では17万人くらいで、年平均では約２万人ペースだったという。１９０５（明治38）年から１９１０（明治43）年に増加し、日韓併合直後に激増している。首都京城が２万９５６３人で最も多く、継いで釜山２万１９５５人、仁川《インチョン》１万２３６９人、平壌９６４６人、元山《ウォンサン》９４４７人、木浦《モッポ》４５７２人、大邱《テグ》４５２３人、新義州４１１９人と書いている。新義州もそこそこ多いのがわかる。

大田駅　植民地スタイルの駅舎　絵はがきより

韓国に行った人ならわかるだろうが、ソウルから釜山を繋ぐ鉄道は、日本の新幹線同様、韓国の大動脈である。もともとは、日露戦争が始まると、中国大陸に軍事物資を輸送するために敷設された。鉄道は戦争を契機に発展した歴史的経緯がある。そして、鉄道ができると、その駅は植民地都市のシンボルとなり、支配者の権勢を誇示する豪奢な建物となった。内野が降り立つ大田の駅もまた、植民地スタイルの立派な駅舎だった。

植民地で見たもの

内野は、1921（大正10）年4月から、官立の大田中学校に勤務することになった。大田駅をめざし、内野はこの駅に降り立ったのだろう。駅はヨーロッパ風のシャレたスタイル。毎日新聞社が発行している『別冊1億人の昭和史』朝鮮に載っている写真を見ると、白い民族衣装を着た朝鮮の人たちが行き来し、よく見ると、普段着の朝鮮人や、座ってたむろする人々の姿もある。着物姿の日本人や背広の紳士風の人も歩いている。いかにも民族融合の植民地都市といった景観だ。当時はこうした植民地の繁栄を讃える写真集や絵葉書が出回っていた。これを見た日本国民は、〝クールジャパン〟ではないが、日本はすごい！　ということになるのだ。

しかし、内野の視点は異なっている。彼はこの駅に、今にも動乱が起きそうな予兆を見つける。その思いを「忘れられた小流」という詩に詠んでいる。

「忘れられた小流」

湖南線の分岐点、レール縦横に地を這い
貨車のいくつかはいつも無気味な黒い影をよこたえ
去来する機関車のあくどい黒煙がいつも漂う
あの騒擾な駅の柵外すぐうらてに続いたアカシヤの林（後略）

（朝鮮詩集『土墻に描く』所収、初出は『耕人』の創刊号。1922年1月）

冒頭にある「湖南線《こなんせん》」は、大田駅から釜山方面ではなく、西南方面に枝分かれして、木浦という港へ向かう路線。その分岐点にある大田駅に立った内野は、「貨車」が朝鮮の大地に無気味な影を刻み込み、機関車は黒い煙をもくもくと〝ひと様〟の大地にまき散らす。そして、駅は「騒擾《そうじょう》」としていると詠む。

「騒擾」は、集団で騒ぎを起こし、社会の秩序を乱すことを意味し、「日比谷焼き討ち事件」（日露戦争後の日露講和条約に反対して起きた事件）や、朝鮮人の労働争議なども騒擾事件と呼ばれた。内野はこの駅に、今にも騒ぎが起きて社会の秩序を乱しかねない「騒擾」とした雰囲気を見て取った。それは、繁栄する植民地スタイルや「日鮮融合」を称える視線ではなく、むしろ批判的な視点である。

内野が渡鮮した2年前の１９１９（大正8）年、「三・一独立運動」が起きている。「三・一独立運動」は、日本の支配に対する朝鮮人の抵抗運動で、ソウルのパゴタ公園の集会から始まり、朝鮮全土に広がり、その後、数年にわたって続いた。彼が渡鮮したのは１９２１（大正10）年4月なので、まだ運動の余波があった。内野は、植民地都市の繁栄のシンボルでもある大田駅に、支配と抑圧によって不満をため込み、弾けそうな朝鮮人の思いを感じ取ったのだ。そして、そこから逃げるようにアカシヤに向かう。詩はアカシヤとその下を流れる小川の描写に移っていく。

アカシヤと小川は「颪大空を渡ってアカシヤの梢を揺るがすとき／小さいしゃもじの葉は大声をあげて笑いさざめき／そのひまにすきを窺っていた蒼穹の瞳は身を躍らし／金の視線をきらっき

らっと法悦のながれになげかける」と表現される。アカシヤの葉は〝小さなしゃもじ〟とかわいく形容され、風に揺れる様は〝笑いさざめく〟と擬人化される。そして、木の葉が揺れるたびに、葉の間に青空からの光が差し込み、それが小川をキラキラと照らす。動的な描写力が優れている。

そして、水は、「すらすらとした絹の手ざわりで、少しの執着もなく／秋の水は俗世を超脱した聖者のように流れ」と、執着を離れ、清さを讃える。俗世と聖域が対比され、内野はこの聖域に心を奪われ、「貨車が、黒煙が、騒擾な雰囲気」を一瞬忘れるのである。そして詩は、「油と汗に汚れた服を纏った無数の駅員」に向けて、「寸暇を盗んで柵を越えこの小さい林に腰を下すものはひとりもないだろうか」と結んでいる。

辺りは静かなのだろう、彼は川の流れにだけ耳を澄まし、一時この〝俗世〟を忘れる。そして、俗世の垢を流してくれる〝聖者〟に包まれて、彼は朝鮮に潜む闇を忘れ、共感者を求める。

この詩は、彼が大田に来て1年足らずで書かれている。内野はこの地に、ある闇を抱えたことが想像される。そして、救済される手法を模索し始め、詩の創作の中にそれを見つけ、『耕人』という詩雑誌を自費出版することになるのである。

〝暮らしの光〟の発見

日本の官立中学校に勤め、いわば植民地の支配者クラスの地位だった内野は、朝鮮人たちの暮らしに関心を寄せていく。次の詩は、朝鮮人らの生活を讃えている。

「人間の灯」

くろぐろと
ただ　くろぐろと
一色にとけているではないか
夕闇に横たわる
湖南平原は
ただ　くろいくろい静けさである
くろいくろい天地である
限りない寂しさが
無限の曠野より湧いて
人の胸を襲うではないか
ああこの寂寞！
ただ見よ
一つの灯火

野のはてに
明滅するではないか
寂寞をしのいで
暗を照そうとするではないか
しかし野はあまり広うして
暗はあまり深うして
灯はややともすれば
消えもしそうにまたたく
ああ、しかししかし、なおも
燃えよう、燃えよう、と
あがく人間の灯の
寂しさよ。

（朝鮮詩集『土墻に描く』所収、初出『耕人』。1922年10月号）

この詩も湖南近辺を詠んでいるが、湖南平原は、湖南線に沿って広がる大規模な穀倉地帯で、ここで穫れた米は、日本にたくさん運ばれた。その労働力だった朝鮮人らが、まさにこの地帯に住んでいたのだろう。都市に暮らす内野は、一面に広がる穀倉地帯に支配と被支配、搾取されるものの現実を見て取った。しかしそれは、黒く寂しい暮らしではあるが、一つの灯が暗を照らす〝希望〟の発見だったのだ。

占領下の日本人は朝鮮人に差別的で、彼らは貧しく不衛生だというレッテルを貼っていた。しかし、内野が見つけたのは、貧しいだけの朝鮮部落ではなく、消えそうになりながらも明滅する、〝暮らしの光〟＝命の光だった。

内野の職場や居住空間

では、内野が暮らす空間はどんなところだったのか。前出の毎日新聞社発行の本の写真には、大田の駅前広場が写っている。円形の駅前広場はヨーロッパの植民地スタイルで、太く伸びた中央通りの突き当りに忠清南道庁があり、その先に、内野が勤める大田中学校があった。

駅前のビルにはサッポロビールという看板が掲げられているのが見える。日本の企業が朝鮮に出店していた証しである。また、郡是《ぐんぜ》製糸、岡谷製紙（岡谷製糸の誤記と思われる。著者注）の工場があったと記されている。つまり、これらの資料によれば、大田には二つの大きな製糸会社があったことがわかる。生糸は明治政府の殖産興業を支えた主要産業で、海外にもどんどん輸出された。日本企業の繁栄の裏には、朝鮮植民地と朝鮮人の労働力があった。

ちなみに、岡谷製糸は長野県岡谷にあり、大正14年に細井和喜蔵が『女工哀史』（改造社刊）を書いて、岡谷に出稼ぎに来た女工たちの実態を描いた。細井が１００人の女工らに聞き取ったドキュメンタリーなので信ぴょう性が高く、貧しい農村から年若い女子が、険しい野麦峠を越え、死を覚悟して出稼ぎに出た様子や、強制労働が描かれている。

内野が、都市のいわば日本人エリート層が住む空間に身を置いていた点は押さえておきたい。

金子文子の手記

『獄中手記――何が私をこうさせたか』を書いた金子文子は、幼少期を朝鮮の「芙江《プガン》」という町で過ごしている。手記には当時の朝鮮の様子が詳しく書かれている。

金子は朝鮮の独立のために闘った日本人として知られ、恋人の朴烈《パクヨル》は朝鮮人の無政府主義者。日本で反体制活動をした彼らは、関東大震災後の朝鮮人殺戮なども目撃し、その後、治安維持法違反、大逆罪などで投獄された。映画『金子文子と朴烈』は、２０１７年に韓国で上映され、１週間で１００万人を動員し、日本でも上映され話題になった。和服姿の朴烈と、その膝に乗る金子の写真は有名で、権力を小馬鹿にするシニカルなショットだ。

金子が見た朝鮮の街

金子は獄中で死亡するが、投獄中にこの手記を書き続けた。これによると、金子は、朝鮮に住む養母だった叔母に引き取られ、大田に近い「芙江」で暮らす。芙江は、大田駅よりも数駅ソウル寄りの小さな駅だが、幹線鉄道が停車する駅でもあり、大田ほど大きくはないが、植民地の空間を知る手掛かりになる。金子はこう書く。

「芙江は京釜沿線に在る小村であった。日鮮雑居地で、かなり多くの鮮人とわずか四十家族ばかりの日人《にちじん》とが住んでいた。けれど、その日鮮両民族がほんとうに融和しているのではなく、各自別々の自治体を構成していた」

〝日鮮融合〟は日本が掲げたスローガンだが、現実はそんな融合はないと金子は書く。そして、町の見取り図を示す。

「旅館、雑貨店、文房具店、医者、郵便所、理髪店、苗舗《びょうほ》、菓子屋、下駄屋、大工、小学教師らが各一戸、五戸の憲兵、三戸の百姓、二戸の淫売屋、それに、駅に勤めている駅長及び駅員の四戸に、鉄道工夫の三、四戸、並びに、鮮人相手に高利貸渡世をするものが六、七戸、同じく海産物などの仲買をするものが二戸、煙草や駄菓子の小売店が二、三戸、まあざっと、こういった種類のものから成っていた」

医院や郵便局、駄菓子屋から猥雑な淫売屋に至るまで、庶民の暮らしを包摂する町の様子がよくわかる。「鮮人相手に高利貸渡世するもの」と書くが、この高利貸は曲者だった。歴史家の山辺健太郎は、『日本統治下の朝鮮』の中で、高利貸と憲兵は酷い人種だったと書いている。高利貸は、植民地農業政策の矛盾が生んだ存在で、高い利子でお金を貸しつけ、朝鮮人の土地をタダ同然で奪ったと書いている。金子に言わせると「金があって、ぶらぶら遊んでいて、流行おくれの都会風の着物を着ている」「威張った階級の人」の代表だったという。幼い金子をいじめた養母の叔母も高利貸しだったらしい。

また金子は、「威張った階級の人」として、憲兵、駅長、医者、学校教師を挙げている。この威張った階級の人の妻は「奥さん」と敬称で呼ばれ、それに対して、商人、百姓、工夫、大工などの妻は「おかみさん」と呼ばれていた。ということは、学校教師の内野も、威張った人種、と庶民の目に映る人種だったと言えるだろう。

鞭打ちを目撃する金子

学校に通っていた金子は、ある日、学校をさぼって、小高い丘に登り、そこから芙江の町を俯瞰してこう書く。

「西北に当っては畑や田を隔てて停車場や宿屋やその他の建物が列なっている。町の形をなした村だ。中でも一番眼につくのは憲兵隊の建築だ。カーキイ服の憲兵が庭へ鮮人を引き出して、着物を引きはいで裸にしたお尻を鞭でひっぱたいている。ひと一つ、ふた一つ、憲兵の疳高い声がきこえて来る。打たれる鮮人の泣き声もきこえるような気がする」

また山辺も、憲兵の悪行について「無理矢理、綿栽培を強要した日本人に抵抗した朝鮮人はたくさんいて、憲兵により鞭うたれた」と書いている。鞭の打ち方も奴隷扱いだ。

この風景に嫌悪した金子は、くるっと南側に向きを変える。そこは、山と川が見渡せ、山裾には朝鮮人部落の低い藁屋根がちらほら見える。金子は「霞の中にぼかされた静かな村だ。南画に見るような景色である」と書き、朝鮮人が住むこの自然の風景に、ほっと一息つき、自分を取り戻す。そして、「自然は率直で、自由で、人間のように人間を歪めない」と書いている。植民地は「人間を歪める」と感じたのだ。

金子の見た街の鳥瞰図は、内野が住む大田とも重なるだろう。金子は、朝鮮部落は日本人街とは反対側に位置していたと書くが、大田も反対側に朝鮮部落があったのかもしれない。いずれにしろ、駅前一等地の贅沢な街と、朝鮮人が綿栽培をして暮らす部落が、交わらずに別々に存在する。それが植民地だった。

金子は朝鮮の地に「人間を歪める」世界を感じ、内野は、朝鮮人の暴動が起きそうな〝騒擾〟な雰囲気を察知する。

植民地都市に身を置いた二人は、権力や抑圧から逃れた場所で、自分の居場所を探さざるを得なかったのだろう。

3. 教師の横顔

1921（大正10）年4月から内野は大田中学校、正式には「朝鮮忠清南道官立大田中学校」に勤務する。実は、当時の歴史は、韓国大田市にある同校の『大田公立中学校　創立満十年記念』誌に記録されている。校舎の写真は、中学校とは思えないほど立派である。同中学は、首都京城の中学校分室として、1917（大正6）年4月1日に開校。この写真は、10周年記念なので、1927（昭和2）年頃の校舎だろう。

内野の着任は、まだ校舎がピカピカの頃に当たる。同誌の写真には、後に内野の恩人ともなる関本前校長が写っている。関本幸太郎は、東京高等師範学校を卒業後、朝鮮で校長職を歴任。高等師範の卒業生が歩む、ある意味エリートコースを歩んだ人物だった。

朝鮮総督府の建物に象徴されるように、植民地下の公的な建造物は並外れて豪華である。しかし、土地はもともと朝鮮のものであり、抗日運動（三・一独立運動）の只中に、抵抗を尻目に建築が進められたのだ。

　大田は、名が示す通りもともとは農地で、校舎の脇には田畑が広がる。鉄砲を抱える生徒が写る写真には「教練」と書いてある。学校教練が始まったのは、１９２５（大正14）年で、学校には配属将校が赴任していた。昭和2年の写真だとすれば、朝鮮でも軍事教練が行われていたのがわかる。「柔道寒稽古」という写真には、朝から柔道に励む様子が写る。柔剣道は、戦争と密接な関係があり、軍事教練の一部として取り入れられていた。肉体強化や戦闘技術の向上が男子に求められ、要は身体が大きくて強い男に価値があった。偏った教育で、自由などなさそうだ。

大田中学校の校舎　「若人の学び舎に相応しい清新な校舎」と書かれている絵はがきより

　一方、楽しい学校生活も写される。「物理実験」は、理科の実験中なのか、楽しそうでもある。理科室の設備も整っている。「朝礼後体操」という写真には、前列にいる教師たちが、折れそうなほど背中を反らせて体操をしている。よくある朝礼の風景だろう。

その他、学校行事として、内野は、新学期の遠足で大田の近くにある名所、鶏龍山に登ったことが記録されている。その時の様子を「山麓の東鶴寺に一泊す」と題して短歌を4首詠んでいる。そこには、木陰でおにぎりを食べて一息つく生徒たちの姿が生き生きと詠まれている。朝鮮でおにぎりと聞くと、日本と変わらない日常に少し驚く。東鶴寺は由緒あるお寺で、現在では桜の名所として人々に親しまれているそうだ。

新米教師、内野

植民地下の朝鮮では、基本的には日本人だけの学校と、朝鮮人だけの学校に分かれていた。一部、両班《ヤンバン》と呼ばれる貴族は日本人学校に通った（後に朝鮮育ちの作家、中島敦は『虎狩』という作品で両班の友だちを描いているが、これは後述する）。内野が勤めた中学は日本人向けだった。

朝鮮の学校で内野はどんな教師だったのか。遠い昔の、しかも外地でのことだが、貴重な資料が残っている。生徒の一人、辻万太郎は、担任だった内野をこう書いている。

「私が大田中学に入学したのは、大正十年の春だった。入学式で担任先生として紹介されたのは、年若い色白の美青年、内野健児という国語の教師であった。授業は頗る熱心で、はりのある美声で教科書などを朗読された。一方担任としても情熱をもってわれわれに臨み、時には悪童達を教壇にならべて、頬うちをくわせることもあった。私たちはたちまち、アニキというニックネームを奉って、敬愛の情を表わしたものである」

（『全仕事』―「土墻に描く」の詩人―内野健児先生）

この時、内野は22歳。年若い色白の美青年で、はりのある美声。若き教師は年頃の男子生徒をビンタする一面もあったというが、しかし生徒に慕われていた。

この文を書いた万太郎は12歳。内野と10歳しか違わない。若い教師は友だちみたいで、〝アニキ〟と生徒に慕われるのはよくあることだ。

ビンタを反省

生徒をビンタする教師は間違っているのだろうか。内野は、別のところで「愛するゆえに」という詩を詠んでいる。

「愛するゆえに」

少々のことは放って置け
だが放って放って
遂に放って置けないことがある

すまぬがなぐらずにおれない
ずうずうしいお前をも
愛するゆえに
ぐずぐずいうより
ひとつなぐられたら
ひとつうんと考えてみてくれ
いいかげん叱らぬ俺の拳骨には
無限の愛と理が
ある筈だが
なぐられた者は皆
俺から離れゆく――
と思えば堪えられないさびしさ
なぐられて猶したってくれる者が
一人いないか
たった一人でも――
なぐったものにほんとに慕ってくれる者が
一人もいなかったら

ほんとに俺は阿呆だ
なまぬるさが俺はきらいだ
思いきりなぐってみたが
しかしさびしい

この詩には、あえて付記を書き、「自分の気持ちを最も生々しく表わそうとして自然こうなった。或は専制的ブルジョア的な心と非難する人もあろう。だが全然棄てらるべき心だろうか。教を乞うものである」（『耕人』１９２２年5月号）と書いている。

身体も大きくなった反抗期の男子中学生は、教師が手を焼く年頃だ。生徒を教壇に並べて平手打ちした、とあるから、今では考えられないが、確かに体罰教師ではある。

その点を擁護するわけではないが、当時の教師像について説明しておきたい。先に挙げた山辺は、「三・一独立運動」以前は、小学校の先生でも剣をつり、金モールの肩章をつけていたと書いている。内野が赴任したのはその後で、三・一独立運動の直後に武断政治から緩和政治に移り、教師の帯剣は廃止されたというが、教師の在り方がすぐに変わったわけではないだろう。やはり、力で生徒を威圧する存在に変わりはなかっただろう。

こうした古い教師像の中では、内野の煩悶は珍しかったと言えるだろう。彼は自分を「専制的ブルジョア的な心」だとも書いているが、そんな威圧的な存在にはなりたくないのだ。こうした教師の気持ちについては、他にも短歌で4首残している（教師の歌『耕人』1922年8月号）。

いずれも何とも赤裸々で、正直である。しかりつけた後に心に湧き起こるさびしさ。教師といえど人間である。教師だから叱るのが仕事、放任すればこちらが誹られる。しかし、自分だって叱れるようなダメ人間。叱られる人の気持ちもわかる……。彼は教師という権威にあぐらをかかず、一人の人間として生徒と向き合っている。そこに彼の誠実な人間性が伺える。

万太郎には、内野の誠意が見えた。だから、「アニキ」と慕ったのだろう。内野の「なぐられて猶したってくれる」者として、内野の思いに応えてくれた生徒だった。

辻万太郎との絆

内野を「アニキ」と慕った万太郎は、独身だった内野の家にもよく遊びに行き、下宿での一幕を作文に書いて、内野に褒められたというエピソードも残している。辻は内野が初めて担任をした生徒で、しかも、4年の一学期まで内野の担任だった。4年間の月日が二人の関係を深めたのだろうか。

内野は教師の傍ら詩や評論を書き、『耕人』という雑誌を出すが、辻は内野の下宿でその手伝いをした。後に発禁処分をくらう内野の詩を辻は暗唱するほど読み、内野の前で朗読していたという。あの、漢字の多い難しい詩、そして朝鮮人の怒りを露わにした詩を暗唱したとは、学力もかなり高ねている。そして、後に内野は朝鮮を追放されるが、彼が明星学園の教師になった時に、内野のもとを訪い。

朝鮮に根づく辻家

万太郎の父親は、大田で醤油や味噌を作る「富士忠醸造工場」を経営し、万太郎は１９０９（明治42）年に大田で生まれている。植民地下で生まれた日本人は珍しい。彼らは内野のように移住してきた日本人とは根が異なり、土地を知る先輩的な感覚をもっていたかもしれない。

実は、万太郎には後日譚がある。内野が朝鮮を去った昭和3年以降も、辻家は朝鮮で家業を続け、万太郎も敗戦までこの地に残った。辻の会社は朝鮮人も日本人同様に働き手として大事にした。そして、その業績は韓国社会の功労者として評価され、ごく最近だが、２０２２（令和４）年に朝鮮半島にあった辻家の別荘が、大田市の文化財に登録されたのである。

その出来事は、日韓友好として『東京新聞』も報じ、「日本統治時代の韓国中西部・大田市で、実業家の故辻万太郎さんが建てた別荘が、同市文化財に登録されたことが分かった」と書いている。韓国では、日本人が暮らした住宅が「敵産家屋」と呼ばれて多くが解体されたが、別荘は保存されることになった。万太郎が地元住民と信頼関係を築き、地域発展に尽くしたと認められてきたためだと評価している。

万太郎の息子、辻醇は84歳。大田で生まれ、戦後、日本に引き揚げるまで、この地で父の万太郎と暮らした。戦前に大田で使っていたとみられる、醤油の壺を今も保管している。百年の歳月を経てもなお、朝鮮の思い出とともに壺をとっておいたのだろう。

戦争が終わり、万太郎は朝鮮に残ろうとしたらしいが、日本に帰り、その後、韓国を訪れることなく、1983年に亡くなった。しかし、遺骨は朝鮮の地に散骨してくれと遺言し、先祖の墓のある宝文山の地に、遺言通り散骨されたそうだ。別荘はこの宝文山の近くにあり、大田市により文化財登録されたのだ。

記事では、地元経済史に詳しい大田大学経済学科の任相一《イムサンイル》教授の話を載せている。「朝鮮人労働者を過酷に搾取した資本家もいたが、万太郎さんは大田を自分の故郷のように考え、朝鮮人との関係を重視した」と書いている。まだ小さかった息子の辻醇さんは、「会社の宴会では、現地従業員と日本人が朝鮮民謡アリランをともに歌って踊り、楽しんでいたことを覚えている」と回想している。

辻万太郎は、「富士忠醸造工場」を経営して、朝鮮半島屈指の食品会社に育て、他にも発電所などのインフラ整備をしたと記事にはある。万太郎は学校を卒業して父の家業を継ぎ、墓を大田に建て、自分もこの地に眠ろうと心に決めたのだ。

辻家が表彰されたのは、彼らが朝鮮人を同じ人間として尊重していたからだ。辻は、朝鮮人の味方になって詠んだ内野の詩を暗唱していたというから、内野から人を差別せず対等に尊敬し合う関係を学んだのかもしれない。内野は朝鮮の地を去ったが、彼の信念は万太郎の中に生き続けたと言えようか。

植民地の教師に失望

生徒をなぐった内野の反省は、日常よくある教師の葛藤だろうが、植民地下では、教室にはさらに複雑な現実があった。

内野は日本人相手の教師だったが、教室には朝鮮人も混じっていたし、朝鮮人が行く学校には日本人の教師もいた。父親が朝鮮鉄道の社員だったことから、朝鮮半島を転々とした植民地育ちの藤田敏八（映画監督）は、釜山の中学校に通っていた時の、忘れられないエピソードをこう書く。「釜山二中のとき、朝鮮人生徒が朝鮮語をしゃべって、教師に殴られたのを見て、たまらなかった」（『新人国記』）。日本の支配下で朝鮮人が母国語を話すことは許されない、その理不尽さに敏八少年はたまらない思いをした。しかも、自分は日本人。心のうちには葛藤があった。差別と被差別の狭間で見た光景は、戦後、何年経っても忘れない記憶となったようだ。

藤田が見た教師の暴力は、背景に日本の教育政策がある。それは、「教育勅語」を柱に「内鮮一体」をスローガンに、朝鮮人にも日本語が強要されたことを指す。日本語を強要する教師の姿が目に浮かぶ。そして当然ながら反抗する生徒がいた。おそらく、藤田の回想にある場面は日常的に起きていたのだろう。ある教師は、自分が朝鮮の教壇で朝鮮人の子どもたちを差別したことを反省する。こうした反省文は戦後、多く書かれてきた。

日本人教師より、朝鮮人教師の方が朝鮮人の生徒に評判が良かったという証言もある。植民地にいた教師は、日本の師範学校出が多かったが、日本の師範学校に留学した朝鮮人が、卒業後に朝鮮に帰って教師になるケースもあった。内野は日本人だけの空間にいたとはいえ、いつ弾けるかわからない、対立の構図に身を置いていたことになる。

4．文芸雑誌『耕人《こうじん》』の発行

『耕人』の表紙絵

『耕人』10月号（1922年10月1日発行）
表紙絵は「種蒔く人」『全仕事』口絵より

内野が大田で発行していた文芸雑誌『耕人』は、日本近代文学館が現在も所蔵している。リーフレット版の創刊号をめくるとページが今にも抜け落ちそうだった。紙面は手書きで、ガリ版刷りの文字。発行元を見ると、大田市本町一丁目小幡方とかつての朝鮮の住所（日本名は植民地支配の証し）。時空を超えて今ここにあることに驚く。

『耕人』の表紙絵はミレーの名画「落穂ひろい」。すっかり収穫し終わった後に、農民が一粒一粒拾い集め、実りに感謝する落穂拾い。裕福なものが稔りを得た後に、おこぼれを漁る貧しい人々の姿でもある。

〝耕人〟という雑誌名の由来は、民衆詩派詩人、ホイットマンの詩の影響と言われる。確かに『耕人』の第4巻第8号の裏表紙にはホイットマンの次の詩が載っている。

私が耕人の耕やしてるを見る時
或は種蒔人の畠に蒔いてるのを、
或は収獲者の収穫しているのを見る時、
私は其処にも亦、おゝ生と死と、汝の諷諭を見る

（生、生とは耕作、死とは相伴ふ収穫である。＝白鳥省吾訳）※獲は穫に改めた（著者注）

ウォルト・ホイットマンはアメリカの代表的な詩人で、この詩は「草の葉」の一節。日本では、大正デモクラシーの潮流の中で、１９１６（大正５）年頃から〝民衆詩派〟が生まれる。福田正夫、白鳥省吾《せいご》、加藤一夫らが代表で、トルストイ、ホイットマン、トローベルなどを読み、民主主義思想に触れて、労働者や農民の生活を詠っている。内野も日本にいた時から影響を受け、この詩を訳した白鳥省吾を内野は尊敬していた。

内野は、ホイットマンのこの詩に、〝耕作〟と〝収穫〟の営為を読み取り、何かを耕し、何かを収穫する、という営みを雑誌に込めたようだ。

また、『種蒔く人』という雑誌の影響があったとも思われる。この雑誌は内野が『耕人』を発行する少し前（1921〈大正10〉年）に発行され、すぐに発禁処分もくらっているが、反戦の種を蒔くという趣旨をもつ雑誌で、被抑圧階級の解放などを訴える文芸雑誌だった。国内のこうした新しい動きに響き合うように、朝鮮の地で内野は『耕人』を発行したと考えられる。

民衆文学運動の旗手に

『耕人』の作品には、朝鮮人の生活が数多く詠まれている。日本の民衆詩派が、それまで描かれなかった労働者や農民の生活を〝発見〟したように、内野は朝鮮人の生活を〝発見〟した。その生活を耕し、何かを収穫しようという思いを雑誌に込めた。

創刊号の宣言文では、「小さいながらも此処に民衆文学化運動の烽火を挙げる」と大きく出る。民衆文学化とはどんな運動なのか。続けて、目的を三つ挙げている。

一、文学と一般民衆の接近

二、文学を通じての人間味向上

三、教育者としての芸術運動

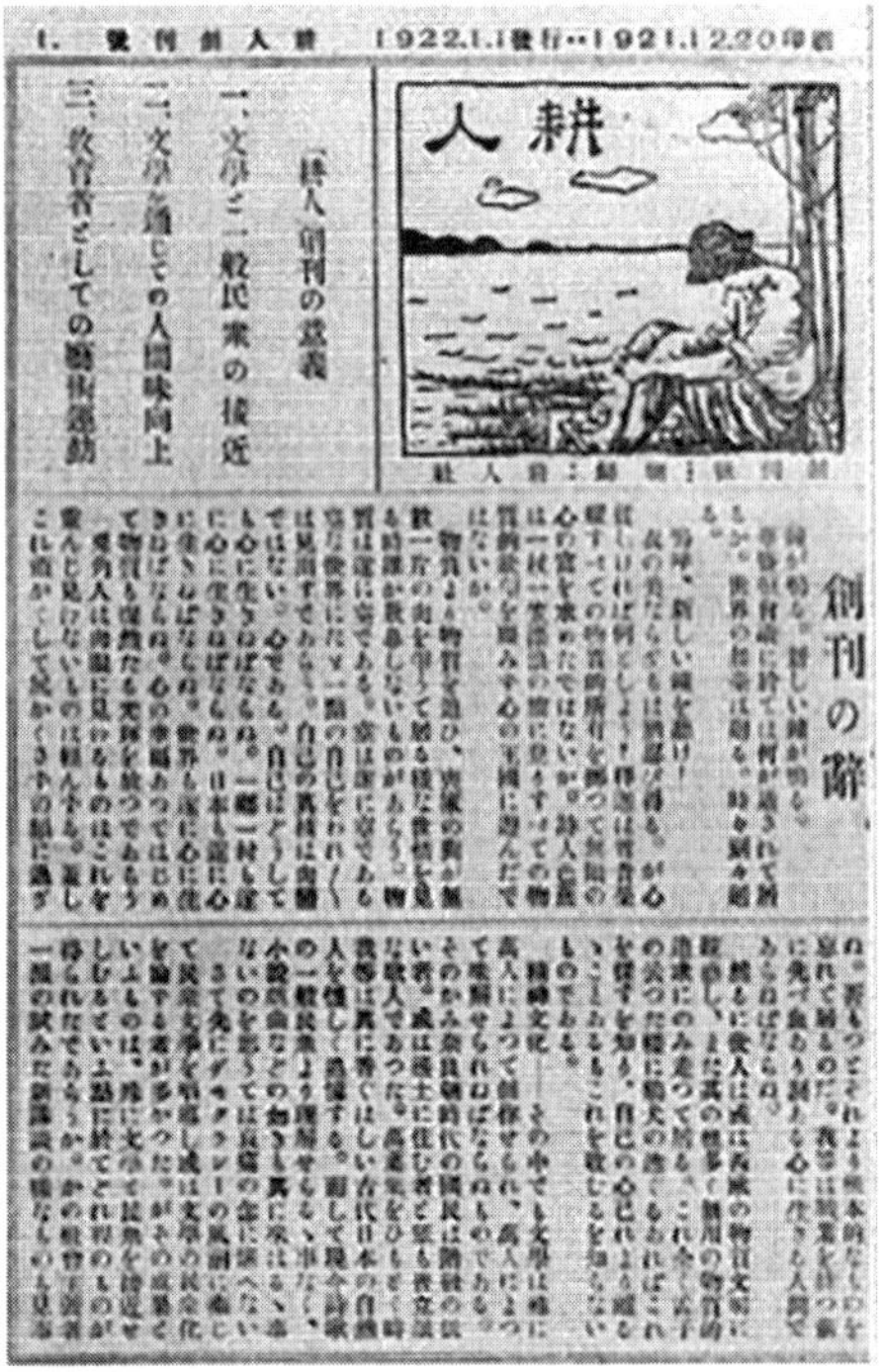
1922.1.1發行・・1921.12.20印刷　耕人創刊號　1.

耕人

「耕人」創刊の意義

一、文學と一般民衆の接近

二、文學を通じての人間味向上

三、教育者としての藝術運動

創刊の辭

『耕人』創刊号　創刊の辞が書かれている　『全仕事』口絵より

この目的は、「創刊号の辞」（『耕人』創刊号、１９２２年１月）でさらに詳しく説明しているが、その書き出しのところで「ワシントン条約」に触れている。この条約は、第一次世界大戦が終わり、世界が軍縮に向かう世界会議だが、この時代の幕開けに「新しい鐘」を鳴らした、と書いている。

内野は、軍縮に向けた新しい時代を感じ、富国強兵や殖産興業に邁進する日本社会にある意味警鐘を鳴らす。内野が求めたのは〝物質文明〟ではなく〝心の豊かさ〟。それを〝文学〟や〝詩〟の力で叶える。目的二で掲げる「文学を通じての人間味向上」は、その〝心の豊かさ〟の向上と捉えることができる。

一の「文学と一般民衆の接近」は、人間味の向上を目指す文学をより民衆のものにするという目的だ。〝文学〟は「万人によって創作せられ、万人によって味解」できるものと捉え、決して一部の人のためのものではない。

文学と民衆の接近を求める背景には、日本の文壇への批判がある。内野は「デモクラシーの風潮に乗じて民衆文学を唱導し、或は文学の民衆化を論ずる者が多かった」が、実際にはどれほど接近させたか疑問だと書いている。文学が民衆のものになっていない当時の日本の文壇に疑問を呈した。それなら、自分が先頭に立って実現させよう。『耕人』の発行には、そうした内野の旗手の気概が潜んでいる。

教育界と文学

目的の三に挙げている「教育者としての芸術運動」は、そもそも「教育者は多く文学の敵の様」で、文学や芸術が教育の中で重視されていない点を挙げている。やはり殖産興業、富国強兵に力点を置く教育の中では、文学や芸術は軟派なものになる。お国のために役立たない教育はいらないのだ。しかし、内野はそこに異論を唱え、教育者としての芸術運動を目的化する。

内野は「教育者は象牙の塔と民衆を握手さすべき」と考え、目の前の生徒だけでなく、広く民衆を視野に、教師は象牙の塔から出て、民衆に接するべきだと主張した。何のための研究か、内野は再度問いかける。

民衆化への道

内野は文学の民衆化のためには、「文学者が一般民衆の親しみ得る様分かり易い作品を書かねばならぬ」と書いている。つまり、文学者や詩人は、民衆が理解できる文章の探究が大事だというのだ。作家は書き手の工夫や探究が必要になるが、それだけでなく、「民衆の文学化運動」も必要で、つまり、民衆自身が文学的教養を身につけ、さらに創作方法を身につけ、発表することが大事だと内野は考えていた。

実際、『耕人』はどんどん投稿のチャンスを広げ、一般の人や朝鮮人にもその道を開いていた。『耕人』の目的には、彼の教育者としての側面や革命家、指導者としてのスケールの広さが伺える。内野は〝民衆文学化運動〟という〝運動体〟をつくり、自身がその道標となり、まさにその旗を朝鮮の地に立てたのである。

中央志向からの決別

もう一つ注目したいのは、内野の郷土文学への評価である。彼の評論、「『詩壇立言』Ⅰ　詩壇の地方分権」では、中央詩壇にしがみつかず、地方詩壇の興隆が必要だと説いている。そして、萩原朔太郎が『帆船二月号』という雑誌で、詩壇の地方分権を力説している文章を挙げ、詩壇の中央にいた朔太郎が、中央に目がくらまず「真実な詩に対する正しき愛」をもっていることを評価する。文学は地方問わず平等であるべきで、それは朝鮮の地においても同じだった。

内野の中では、朝鮮＝地方という考え方でもあった。その一地方の個性を尊重し、そこに秘める課題である、支配と被支配、差別や蔑視が渦巻く現実に、文学の力で〝人間味〟の再生を図ろうとしたのだ。そのことは『耕人』の作品の中から読み取れる。

食うための創作は〝筆が歪む〟

『耕人』が出たニュースは、朝鮮の大手雑誌や新聞（『朝鮮公論』『京城日日新聞』『大阪朝日新聞』など）が取り上げ、内容の質の高さが讃えられている。おそらく、植民地で立ち上がったこの潮流は、朝鮮のニューウェーブとして期待感をもって迎えられたのだろう。

『耕人』の内容を見ると、海外文芸、詩、長詩、短歌、俳句、消息、童謡、小品、短篇で構成され、小さいながら総合文芸雑誌の体をなしている。雑誌の同人は、広島高等師範学校時代からの文芸仲間を中心に、日本に住む彼らの拠点を朝鮮の地方支部とした。『耕人』2号の通信欄を見ると、京城府、八幡市、東京市、開城府、大分県、三重県、元山府、広島市、郡山府、鞍手中学、直方町、山口県から便りが寄せられている。『耕人』の組織は、朝鮮に本社、日本に支部という日本本土優位の逆転現象だった。

『耕人』は1925（大正15）年12月18日に終刊するが、約3年間で全45冊を発行した。寄稿者数は853名で、そのうち朝鮮人は9名だった（『全仕事』の「解題」より）。日本人だけの組織でなかった点は指摘しておきたい。

内野は、身銭を切り、執筆から編集、出版まで全部自分でやった。商売としての出版を考えなかったのは、内野は「パンのため」、つまり「食うための創作」は、〝筆が歪む〟と考えていたからだ。これは、「パンの為の乱作」「心ならぬ乱作」を生むという言葉で「売らぬ芸術」という作品の中で書いている（『耕人』1922年2月号）。金のためではない創作は幸福だとも書いている。しかも、『新潮』というメジャー雑誌に発表した作家45人が「雑誌屋からせめたてられた心ならぬ乱作をした」とこき下ろした文章もある。

内野が目指したのは「生まないでは居られぬものを生みだす」芸術。そしてそれを「真情の宝玉は小さくとも闇を照すであろう」という名言にまとめている。以下、具体的にみていきたい。

凧を揚げる子どもの風景

朝鮮では、俳句や短歌は在朝日本人が嗜んだが、詩を書くことは比較的珍しかった。しかも、日本人が朝鮮の生活をテーマに選ぶのは皆無だったのではないか。もちろん、プロパガンダとしての日朝融合的な表現はあったが。

『耕人』の2、3、4号では「朝鮮詩集」を組み、彼の詩が三つ載っている。それは、「市日」（民謡）、「紙鳶《たこ》（註：凧のこと）」、「まづしいあどりらのたこ」（あどりは「児童をいう」の内野の注あり）という詩だ。「まづしい～」は全文ひらがなになっていて、この初期の作品は、ひらがなを多用し、朝鮮人の日常生活をわかりやすく表現している。

「紙鳶」という詩は、正月の凧揚げの風景（「陰暦正月の空」と詠まれている）。しかも、日本ではなく朝鮮の風景である。

「紙鳶」

ぐるりぐるり
手に廻転される
童の毛巻は
輪を描いて光る

光る生命の糸は
一筋はるか
糸巻より

蒼穹にかかる

かかるところ
さんらん
乱舞の翼を拡げる
新春の陽光よ

ああその翼の一つか
糸の垂れ来るところ
否、そは童の心の
はるかのぼりて光るもの

光る童の心は
自由に、遮られるものもなく
蒼々たる大空を泳ぐ
おお何と輝やける童の顔！

（後略）

見上げる青空と降り注ぐ太陽の光。ピンと張った凧の糸に、太陽の光がリンと刺す緊張感ある情景。そして、その緊張感とは対称的に、糸の先には凧が自由に乱舞する。その凧には春の光が暖かく降り注ぎ、凧を揚げる子どもの心も、誰にも遮られず、自由に青空に解き放たれるのだ。

これによく似た「まづしいあどりらのたこ」という詩では、新聞紙に糸をつけただけの粗末な凧を揚げる、貧しい子どもたちが描かれる。「まひるのひかりに／かがやいて／ほほえみのなみが／かおにくづれている」と詠んで、子どもたちの表情にかがやきを見て取る。彼は人間の〝尊厳〟を見るのを忘れない。

日本人なら誰でも正月に、家族で楽しんだあの凧揚げ。内野は、貴賤の差も国の差別も越えて、庶民の愛する凧揚げを選び、「遮られるもの」がある朝鮮支配下で、朝鮮人の気持ちを解放する。凧揚げは詩歌では定番の題材ではあるが、〝月並み〟に脱落せず、「あどりら」という朝鮮語を使って、彼等の気持ちを詠んだ。新しい詩の試みである。この詩には、どこかキラキラした輝きがある。内野がこれから始めようとする新鮮さが宿っている。

生活の発見

「市日」という詩は、大田の市場をテーマにしている。休みの日には、内野も市場に出掛けて

市日の風景　「朝鮮の都邑では１ヶ月に数回、市が立つ」と書かれている　絵はがきより

いったのだろうか。写真は市日の様子である。

内野は、市場に並ぶ鶏などの品々や、雑踏の中で頭の冠が落ちそうな人、唄声を響かせる白衣の人の姿を、間近で見ているかのように詠んでいる。七七調の口語の調べに乗せて、朝鮮人たちの軽やかな気分をうまく伝えている。

こうして『耕人』では、朝鮮の風物を次々に特集していく。６月号では「朝鮮情調号」と銘打って、「郷土文学興隆の一端に資し、真美の朝鮮を世人に紹介したい」と書いている。その中の「ぱかち」という作品は、生活感に溢れている。「ぱかち」は朝鮮人の生活に欠かせない雑器で、うりを割ってつくり、お茶碗などにして使っていた日用品。

「ぱかちの詩」

水が人の生命であると共に
ぱかちは彼等の尊い財産です

白衣の婦人の戴いた頭上の水甕には
いつも黄ろいぱかちが帽子となっています

夏、小さい低いをんどるの藁屋根は畑に化けて
青団扇の様な葉の間に剃りたての青坊主がころげます

秋、青団扇が霜枯れて失せてしまうと
坊主頭は黄ろくなっててらてら平和な夢をみています

をんどるに紫の煙細々立って冬訪れるころ
坊主頭は人の手に割られてぱかちとなるのです

（中略）
まこと、簡単に造られる簡単なぱかちです
何の装飾もなく模様も描かれない芸術品です
（後略）

（註）「ぱかち」はまんまるいふくべを真二つに割ってつくったもの、朝鮮至る所にある欠くことのできぬ日用品。

「ぱかち」が植物として花をさかせる春から、オンドルの装飾品として藁屋根の上に這う夏、そして秋には愛嬌のある坊主頭となり、冬に割られて食器となる。通年の様子を、少しユーモラスに、親しみを込めて詠む。日常生活を支える粗末な雑器は、内野の手にかかると、人々の魂が入った〝芸術品〟に昇華するかのようだ。

こうして内野は、朝鮮人の生活に関する題材を好んで選んだ。語句だけを拾うと、禿山、赤土、ポプラ並木、アカシア、洗濯、砧、パンマイダ、白衣、かち鴉、ぱかち、キムチ、おんどる、藁屋根、酒幕（スリチビ）、長煙管、紙凧などで、どれも朝鮮人の生活固有のものだ。

洗濯するおんなたちの詩

写真は、川に集まって洗濯する朝鮮の主婦たち。内野はこのごくありふれた朝鮮の日常風景を見逃さず、詩に詠む。

「水は生命」

水は生命《いのち》――――
殊に純潔と清楚を尚ぶ者にとりて生命
（中略）
雨のはれるまもなく、居たまらず
いそいそと、鮮女等は
ささやかな溝のほとりに白鷺のようにむれる
小流に白布をひたし、ひたし
パンマイダをあげて布打てば

川辺で洗濯する白衣の人々　絵はがきより

織手よりわき起る音のかろやかさ。

ああ雨のめぐみを称うる唄
人生の花女性が自然と生活を歓びほめる歌
軽く、遠く、雨に洗われたあめつちにしみわたるよ

時たま、雨あがりにのみ流れる溝に
生きの命をつつむべき白布を、さらし、打ち、洗う
優しくもあかるさにみちたあの響をききたまへ

水は生命――
殊に自然と人生を尚ぶものにとりて生命。

（註）パンマイダ……朝鮮婦人が洗濯にて布を叩くのに用いる短い棒の様なもの。

布を砧で打つ洗濯は、日本でも朝鮮でも習慣としてあり、あちこちから砧の音が響いていたという。内野は雨上がりを待って集まる婦人たちの姿を「白鷺」に例える。純真無垢な人間たちとして

造形するのだ。そこには文化への軽視ではなく尊重があり、民族差別の視点もない。生活を通して、ただただ人間を讃えている。彼は他にも「砧」という詩を書いているが、その中では「とんからとんから／とんとん　からから／とん　から　りん」（『耕人』1923年2月号）と、砧の音をリズミカルに刻み、生活の溌溂とした息吹を捉える。

砧は、日本では詩歌の定番の題材だったが、内野は、定番の題材を朝鮮人の生活として新しく再生させたと言える。

「白衣」の人の発見

朝鮮民族の伝統的な衣装をまとう人々を、当時の日本人は「白衣の人」と呼んでいた。日本人なら〝着物の人〟だろうか、民族の特徴をうまく捉えている。内野はこの「白衣の人」を詩の中でたくさん詠んでいるが、例えば「白衣讃章」（『耕人』1922年6月号）では、春の光が降り注ぐ畑に、鍬をもつ朝鮮の農民たちを遠景から眺め、白衣の清楚さから素朴な暮らしを讃美する。

「白衣讃章」

（前略）

素朴なる自然の中に
白湯《さゆ》の如き生活の妙味を
希求し欣求する者である

故に、彼等は束縛を忌み
どこまでも解放されたる自由を欲する
自由は彼等の生命である！

（後略）

〝白〟は生活の妙味であり、何ものかに染まらない〝自由〟でもある。それは、日本人には染まらない、を暗に意味している。そしてまた、この〝白〟は、柳宗悦の〝白磁〟を想起させる。柳宗悦は、朝鮮の白磁を「無色透明なる素材」として、その美を讃えた。この類似性は偶然ではない。柳の朝鮮文化への傾倒ぶりを内野も知っていただろう。また、内野は京城に転勤した後、柳と接点があった。これは後述する。

「真理を歌う使徒」

内野が見つめる朝鮮人は、清楚な人と表現される一方、暗く沈む姿として現われる。白衣の人は、ポプラの冬枯れた自然の中に「寂しい運命そのものの様に歩む」（朝鮮詩集『土墻に描く』の跋文《ばつぶん》）、「よごれた白い服をまとうて／死んだかのように／夢みている」人（幸福—車窓風景—）、「歩み来る白衣の人々の顔貌は／下手な彫刻家に刻まれた生気のない表象！」「何物にかさまたげられ虐げられた」（冬の朝鮮）と繰り返し表現される。それは日本人によって抑圧されたみじめな姿であっただろう。

しかし、一方で内野は、三・一独立運動で闘った朝鮮人の思いとも言えるような、激しい反抗心を見つけ出す。「冷厳な朝鮮の自然のかげに／はげしい朝鮮民族の血と呪と反抗が燃えている／僕はそこに民族と民族の摩擦を見た／支配者と被支配者とのからみ合い／夢と現実があまりにも矛盾して執拗な斗いをいどんでいるのを／まざ〳〵とみたのだ」（「はるかな愛」）がそれである。

そして、彼らに向って「健全な新文化へ進めよと——」（「砧」）と励まし、そこに、自分の詩人としての使命を見つけ出すのである。内野はこう書く。

「現実と理想とを縫う一線に／僕は僕の追求を向けた／詩を求めることは真理を求めることに外ならぬ／僕は真理を歌う使徒として／泥濘の中から泥まみれになりながら歩み出していた」（「はるかな愛」）

内野は〝真理を歌う使徒〟宣言をする。その宣言はまた、苦悩の地、朝鮮で、彼が自己再生した証しでもあった。

日本人としての自己否定

しかし、内野は日本人としての自分を省みる。「はげしい朝鮮民族の血と呪と反抗」を見つけ出したとはいえ、自分は日本人。彼らの眼に宿る憎しみの視線を、今度は我が身に突きつけるのである。

「眼」

眼　眼　眼
きらり　きらり
怨嗟！　呪咀！

眼　眼　眼
とろり　とろり

倦怠！　沈滞！
淀む鈍色の雲かげ
或はひらめき　或は眠れる
星！

怨嗟の星　呪詛の星　倦怠の星　沈滞の星
鮮人　千万の
眼　眼　眼

光、氷の刃を
わが胸につき刺し
うそ寒い戦慄の影をなげる。

『耕人』の1923年1月号に書いたこの詩は漢字を多用し、硬質で鋭い切れ味のある詩で、ある意味、内野の傑作の一つだ。朝鮮人の眼に宿る、日本人支配者への〝怨み〟と〝呪い〟の眼。その視線は、鋭い刃物のように日本人に迫ってくる。植民地という空間の「うそ寒い戦慄」――どこかしら掴みがたい怖さをもたらす空気。

それは、植民地下で暮らす日本人のうしろめたさであり、鈍感な日本人なら気づかないか、知らないふりをするかだが、内野はそこから眼を逸らさず、朝鮮人の眼を凝視する。そして、日本人としての我が身を否定する。

この詩で用いられた「怨嗟《えんさ》」（＝うらみなげくこと）、「呪詛《じゅそ》」（＝のろい）、「倦怠」、「沈滞」の四つの語句は、後々の彼の詩作にも繰り返し現れる。そして、遂に、彼は代表作「土墻《どしょう》に描く」を仕上げることになる。

5. 詩集『土墻《どしょう》に描《えが》く』と発禁処分

朝鮮人への接近

内野の詩は、次第に朝鮮人の生活感を増していく。彼は日本人が暮らす特権的なエリアを離れて、朝鮮人の住む部落に足を踏み入れ、生活の匂いを嗅いだのではないか。例えば「朝鮮部落夕景」「酒幕」という詩に現れている世界は、想像ではなく実際に歩いて目で見て、匂いを嗅いで書いているると感じられる。

「朝鮮部落夕景」

I　暗い窓々

不規則にうねった道路に
みちびかれるまま行けば
低い暗色の土塀がめぐり
樹枝を組合はせた墻や戸は
今にも崩れさうに傾き
それら囲みの中には又暗色の藁屋根が
蝙蝠のやうな無気味な翼を拡げ
どことなくにんにくの香は漂うて
私をして、堪へきれぬ
黒ずみ蒼ずんだ想念に陥いれる
（後略）

低く暗い色の土塀がめぐる道を歩き、今にも崩れそうな「樹木を組合わせた」だけの「墻《しょう》」（＝塀を意味する）や戸を覗き込む。そして、家と家の間の「不規則にうねった」道をさらに進む。暗い家屋は、貧しい人々が暮らす民家だ。大田という土地柄を考えると、農家の小作民の居住空間だったろうか。内野は、そこに不気味で暗く、寂しく、耐えがたさを覚える。
しかし、続く「Ⅱ　ほの明るい窓」では転調し、オンドルの明るさと温かさの中で、晩酌の盃をあげる赤ら顔の老人が小唄を歌い、一日の疲れを癒す暮らしぶりが描かれる。藁屋根の下で暮らす朝鮮人に温かい目を注ぐ。

　内野の詩にはオンドルがよく詠まれる。オンドルは、言うまでもなく朝鮮民族の暮らしに欠かせない床暖房で、優れた建築設備として世界から称賛される。台所で煮炊きした蒸気や余熱を床の下に回して、部屋を暖めるという効率的な仕掛け。出入口を極力小さくして、寒冷な冬に備えるため閉鎖的な造りとしている。朝鮮民族の優れた生活の知恵が隠されている。

　一方、生活の楽しみと言えば、やはり酒場。内野は酒幕（スリチビ）と呼ばれる部落にある居酒屋の風景を詩に詠んでいる。

「酒幕（スリチビ）」

ひとしほにんにくにほうところ
開かれた戸口からはすすけた釜や鍋が並んで見え
かまどの下からは赤い焔の舌がたぬ《ママ》しげにのぼる

そして、酒場の中には、「一日の死の様な疲れを背負った労働者たち」が、「さして広からぬこの酒幕のヲンドルに集い／わづかな労銀を擲っては更生の杯をあげる」と描かれる。

内野は酒場を「部落の生命蘇生場！」と詠んで讃えている。肉がぶら下がっている野趣を帯びた風景を捉え、酒をあおる労働者の活力を描き出す。キムチやクッパはもちろん、庖厨（クリヤ）、酒幕婦（スリチビプイン）、客人（ソンニム）、牛頭（ソムリ）、豚脚（テージタリ）、坦軍（チゲ）など朝鮮語でそのまま表現し、村の人々に近づこうとするかのようだ。

長編詩「土墻に描く」——紅蓮の炎

こうして、朝鮮人の生活に接近し、ついに代表作となる「土墻に描く」を書きあげる。『耕人』の1923（大正12）年の4月号に発表した、200行余りもある大作で、長編叙事詩と呼ばれる。内野が尊敬していた北村透谷の長編劇詩「蓬莱曲」の影響が指摘されているが、歌曲のようなリズム感もあり、また劇詩のような独特の構成をもつ。構成は、「序曲」「闇の曲」「夢の曲」「曙の曲」の四つからなる。

・「序曲」
まず詩は「ヲンドルを囲み部落をめぐり半島をうねる幻想の土墻に／半島人の胸にわく絵巻を描いてゆこう」と説明される。

土墻は土でできた塀のこと。朝鮮人たちが住む家々のまわりを囲む土墻に、朝鮮人の生活や思いを絵巻のように描いていくというものだ。もちろん直接描くという意味ではない。

土墻は、畦道のようにうねって連なり、表面の土は剥げ落ちそうに乾いている。そして、蚯蚓《みみず》のような生臭い臭気が部落に立ち込めていると説明する。そこは決して清潔とは言えない場所だが、内野はあえてそこに踏み入り、彼らの思いや生活を覗き込む。そして「かわいた土墻」に「水の精気」をふきかけ、生命の再生を試みる。

土墻をめぐらす朝鮮部落　絵はがきより

・「闇の曲」

続く「闇の曲」では、朝鮮人の〝闇〟の声に耳を傾ける。「はばまれる呪いよ！／ああすべての樹木が／あの小さい野辺のペンペン草までも／のびのびと、手を遥かにさしあげて／琥珀と澄んだ日光の美酒のしたたりを／瑠璃と輝やいた大空の碧血のしたたりを

／うけとるのをみる――／だのに／重い石が上にかざされ／生き生きした樹枝や茎もはばまれ抑えられて／日光や大空のめぐみに酔い得ない／草木の悩みがわれらの悩みではないだろうか」

朝鮮人らは、重い石が上にあって日光のめぐみを得られない樹木のように、重苦しい抑圧に晒されている。そして、続くブロックでは、「呪い」という言葉が連呼される。

呪いだ！
呪いは遂に呪いだ！
呪いの炎よ、のぼれ
ああわれらの蒼ざめた体躯からは
麗わしい紅蓮の炎はのぼるまい
だが、濁流の様に奔騰する炎よ
竜巻の様にのぼつて
紅蓮の炎でやくよりみにくく
地上をやけ、天をやけ
よろづのものをやきつくせ
われらの心のかまどには
押えきれぬ呪いの薪がたかれ

今や奔放かまどの口を張り切ろうとする！

「紅蓮《ぐれん》」と聞くと、近年ではアニメ『鬼滅の刃』の楽曲を思い出すが、「紅蓮」には勢いよく燃え盛る炎の意味があり、戦の場面でよく使われる。強烈な紅い炎を想像させるが、朝鮮人の炎は紅蓮ではなく、おそらく苦しい生活のためか、青ざめていると表現する。しかし、朝鮮人の心に秘める抑えきれない呪いが、炎となって、地上を焼き、天を焼き、すべてを焼き尽くせと叫ぶ。それは、武力で威嚇され、鞭打ちの刑をくらった朝鮮人らの、日本人に向けられた呪いだった。強い詩のリズム感が気持ちを奮い立たせる。

・「夢の曲」

続く「夢の曲」では、10人の朝鮮人が語り手となっている。日本人による説明や代弁でない点が注目される。

Aから J の10人は様々な思いをぶちまける。前半の5人は、「闇の曲」を受けて、かなり過激な炎を燃やす。例えば、前半のAとBは、日本の兵営から聞こえるラッパの音から、捉えられた仲間たちが鋭利な刃物に虐げられ、忍従を強いられ、拷問されている様子が詠まれている。Bでは、銃剣を握り、反撃しようと呼びかけ、闘争的な詩になっている。そしてEになると、さらにエスカレートする。

Eでは「まこと百斗の溜飲が下ろうよ／爆弾、爆弾、爆弾――／われらの生命をこめた爆弾」が投下されるのである。過激さがマックスに達するくだりである。

（前略）
春よ！
凄惨な、しかし痛快な
呪いの火柱がもえのぼり
抑圧、制限、支配、すべてをやきつくす
ベスビオの噴火より赤い熱情の春よ！
呪いの薪に火をつけて
高く高く天をこがせ
広く広く地をもやけ

ついに、爆弾を投げ、天地を焼き、抑圧や制限や支配するものを焼き尽くせと叫ぶ。爆弾を投げて悪を制圧するヒーローが、真っ赤に燃え上がる地上に降り立つ映画のワンシーンのようだ。また、叫び声の中には、「上海をめざせ」があるが、上海は共産主義者らが集まる都で、朝鮮の革命家たちが渡った歴史的背景も踏まえている。

そして、後半からは転調し、登場するFからJの5人は、穏やかな抵抗や協調的、妥協的な語りとなっている。

例えば、Iの人物をみると、爆弾を投げるテロリストのそれとは打って変わり、彼は穏やかな農民の一日を詠む。一農民の平和な生活と、緩やかな平和を願う庶民は普遍的である。日本人であろうと、朝鮮人であろうと、支配者に関係なく「すばらしい作物の出来であつてくれればいい」というのがIの言葉。平和や生活を求める、人間にとって最も大切な原点を見逃さない。

拳を掲げ、爆弾を投げ、火で燃やすという過激派の姿は、「三・一独立運動」での民衆の思いそのものだっただろう。朝鮮人が日本人に激しく抗議する様子を、彼は彼なりの言葉で、それはとてつもなく激しい言葉だったが、詠まずにはいられなかったのだ。しかし、テロリストのように敵を攻撃し、倒すことが目的のはずはないだろう。本当に大切なことは何なのか。

・「曙の曲」

終章の「曙の曲」は、〝相対〟（敵と味方の対立）を越えて「第三世界」という理想郷に辿り着く。「第三世界」は「自己のきらきらした真生命の花」が咲くところだと表現される。つまり、差別を越え、誰もが平和に平等に暮らす世界である。それは、対立を止揚するところに存在する。しかし、現実はそうなっていない。だから、その理想は形而上的な世界なのである。この作品は、最後に夢の世界＝形而上の世界を置き、長い絵巻に幕を下ろしたのである。

この最後の夢の世界については、現実逃避だとする否定的な評価もある。しかし、検閲下の現実を考えるなら、過激な文言だけに留めてはまずい。内野は検閲による削除を予測していたのではないか。以下で見るように、実際、この作品は押収され、表現がかなり削除されたのである。

朝鮮詩集『土墻に描く』の差し押え

「土墻に描く」という詩は、後に朝鮮詩集『土墻に描く』として単行本となる。その時点で突然、本が押収されたのである。理由は〝治安妨害〟だった。「差押えに出あい過半を押収され」たと内野は書いている。押収されたのは、1923（大正12）年11月15日のことで、日本では関東大震災の2か月後のことだった。押収されたニュースは、すぐさま『京城日報』（1923年11月27日号、28日号）に掲載された。『京城日報』朝刊の見出しには、こうある。

「詩集『土墻に描く』が発売禁止された
青年詩人内野健児氏著
朝鮮では珍しいこと」

この記事では、朝鮮の寂しい詩壇で唯一、暁星のように輝かしい努力を続けている青年詩人と紹介され、朝鮮はもちろん内地の詩壇からも歓迎されていたと書いている。そして、この押収が「黎明期にある朝鮮の芸術界」にとって重大な関係を生じると続けている（『全仕事』解題より）。内野の活動が個人的な詩集づくりに留まらず、「朝鮮の芸術界」に影響を与える存在だと認識されている点は見逃せない。

当時、日本もそうだが、朝鮮総督府でも検閲制度があった。とりわけ、武断政治と言われた寺内総裁の言論統制は酷く、先に挙げた山辺は、朝鮮総督府の官制が敷かれ、朝鮮の司法、行政、立法の三権を日本が握り、その中で最も酷い政策は「言論弾圧」と「憲兵制度」だったと指摘している。寺内総裁の言論統制は、政治結社の解散、政治集会、講演会、演説会の禁止、さらに出版物の統制で、反体制的なものを廃止した。そして、御用新聞や雑誌もつくられていった。

寺内総裁の武断政治は、三・一独立運動が起きると緩和政策へと切り替わり、「文治政治」と呼ばれる斎藤総督の時代に入る。内野の『耕人』の発行は斎藤総督下（1919年8月に就任）で、新聞の規制は多少ゆるめられ、新しい発行物も認められた時でもあったのだが。『京城日日新聞』は、1920（大正9）年7月1日に、この緩和政策下で創刊されている。『京城日報』に対抗する「民論」発揚の新聞として発行したようだが、発行部数は少ない。1922年当時で、『京城日報』は約2万7000部、『京城日日新聞』は約8000部。やはり御用新聞の方が断然多い（『世界大百科事典』平凡社）。いずれにしろ、検閲制度の厳しい時代のことだった。

総督府警務局、田中事務官と面談

内野は、この押収の件について、『京城日報』に投稿している（「禁止された僕の詩集（一）（二）」１９２３年11月27日、28日号）。そこでは詩集を「愛児」と書き、「治安妨害という名目の為に世人からあの子が全然悪党者に思われるのが残念なのである」と書いている。

そして、翌年の1月、総督府警務局、田中事務官（のちの総督府政務総監田中武雄）の官邸を訪ね、この件をめぐり数時間に及ぶ面談の機会を得ている。田中は押収の直接の担当官だった。その時のことを、内野は「検閲官と語る」（『耕人』１９２４年2月号）という文章を書き、二人のやり取りがかなり詳細に記録されている。

検閲官はまず、「本心よりかの夢の曲に歌われている様な思想を抱いているものが多いのである」と、朝鮮人が日本人に強い不満を抱いていることを認めている。そして、教員である内野が、朝鮮人をここまで理解して書けることに驚きすら表している。

これに対して内野は、日本人が「徒らに朝鮮人を圧服しようとする欠点がありはしないか」と聞き返す。田中検閲官は、「それは余も同感である」と、日本人が朝鮮人を虐げている現実は認めた。警務局は、朝鮮人の暴動を取り締まる役割も担い、三・一独立運動では、多数の朝鮮人を逮捕し、拷問や処刑を行った部署だった。当然、不満をよく知っていた。

内野は、朝鮮人の怒りの表現が治安妨害の対象になったことは認めると譲歩の姿勢を示す。しかし、武力による反抗や破壊だけが狙いではなく、「新政の讃美」もあると続けている。これは、先に見たように、「夢の曲」の後半から登場する人物たちの語りであり、日本の政策を「新政のかがやき」と讃えている点を指す。検閲官は話に耳を傾けはするものの、結局は「貴下のものは其の同情が過ぎた様に思われるのである」と回答。内野はそれ以上続けることはせずに、このやり取りで押収の理由が読者に伝わっただろうと書いて終わっている。

結果的には、この談話の後、本の差し押えは解かれ、一部抹殺の条件づきで出版は許可された。抹殺された部分にはむごい仕打ちを感じるが、しかし、検閲側の思惑がよくわかって興味深くもある。

一部墨塗りの『土墻に描く』

一部抹殺されて世に出た『土墻に描く』は無惨な姿だった。先に挙げた「闇の曲」の〝紅蓮の炎〟の文字はやはり消されている。あえて伏字（右が墨塗りの状態）を示すと、この過激なフレーズが躍るブロックは全滅である。一目でその酷さが伝わる。

また、爆弾を投げて燃やすブロックでは、「凄惨な、しかし痛快な／呪いの火柱がもえのぼり／抑圧、制限、支配、すべてをやきつくす／ベスビオの噴火より赤い熱情の春よ！／呪いの薪に火をつけて」という5行は削除されている。

検閲前	検閲後（●が伏字）
夢の曲	夢の曲
B	B
立たう！□友よ	●●●！□●●
われらはわれらの喇叭を吹き鳴さう	われらはわれらの喇叭を吹き鳴さう
吹いて、吹いて	吹いて、吹いて
あの憎悪にみちた喇叭の音を吹き消さう	あの●●●●●●●●●の音を吹き消さう
立たう！□友よ	立たう！□友よ
われらはわれらの銃剣を握らう	●●●●●●●●●●●●●●
われらの銃剣で彼等の銃剣を粉砕しよう	●●●●●●●●●●●●●●●●●●
力には力をもつてぶつつかれ！	●●●●●●●●●●●●●！

『土墻に描く』の墨塗り部分　著者作成

伏字の部分（●）、つまり当局の忌憚に触れた個所は、主に「闇の曲」の一部と、「夢の曲」の前半部に集中している。それは、日本により圧迫される朝鮮人の思いが、反抗的な激しい単語で語られている部分で、破壊や呪い、焼き尽くすなどの用語である。その反面で、先に述べたように、「夢の曲」の後半や、穏やかな農民の夢、理想を謳った「曙の曲」はほとんどが削除されていない。後に内野は「当局最少限度の抹殺は本書の価値を減じない」と書いているが、内野が最も大事にした詩の精神が検閲を免れた、という意味だろう。言い換えると、政治的な単純性（フレーズのカット）に打ち勝ったとも言える。これは、実は詩、芸術の勝利と言えまいか。

この押収された『土墻に描く』は、それまで『耕人』に載せた詩をまとめた、初の彼の詩集だった。おかしなことに、はじめ『耕人』に掲載した時には押収されず、詩集になったタイミングで押収されている。その理由は、実は、その年、大正12年9月に起きた関東大震災と関係している。押収はその直後の出来事だった。

周知のように関東大震災時には、朝鮮人への差別や虐殺があり、労働運動や反政府活動への弾圧が強まっていた。それは朝鮮半島にも及び、取り締まりの目は厳しくなっていた。その翌々月に起きた『土墻に描く』の押収は、その影響があったと考えられる。

先生の苦渋にやつれた顔

先に書いた内野の教え子、辻万太郎は、『土墻に描く』を強い感銘をもって愛誦した。辻は「朝鮮民衆の抑圧と貧困、その中から立ち上がる独立の志士の苦闘や挫折などの姿を、やや感傷的ではあるが、調べ高くつよく歌い上げた、全二百余行の長詩であった」と後に書いている（『全仕事』「『土墻に描く』の詩人、内野健児先生」）。

そして、検閲後に見た詩は「何と各ページの半ば近くを、墨くろぐろと抹消された無惨な姿であった」と書いている。そして、「そのころの先生の苦渋にやつれた顔を、私は今も忘れていない」と内野の落胆ぶりを伝えている。

万太郎も、この詩の中身は知っていた。詩を理解する教養の高さに驚くが、万太郎は、禁止されようとも、また禁止されそうな詩であっても、おかまいなしに声を出して朗読したという。一本、筋の通った万太郎の姿が彷彿とする。

朝鮮で育った万太郎は、日本人にいじめられる朝鮮人の姿を見てきたはずである。しかし彼は、いじめに同調することはなかった。彼は朝鮮で事業家となり、朝鮮人の信頼を得、生涯、この地を忘れなかった。日本人としての複雑な葛藤もあったと思うが、万太郎の中では「人間味」が勝利の声を上げたのだ。

内野が『耕人』で目指した、〝文学を通じた人間味向上〟は、朝鮮で育ち、朝鮮人を大切にして生きた万太郎の中に実を結んだと言えるかもしれない。

内野は、その後、総督府から異動命令が出て、約4年半暮らした大田を去る。そして首都京城《けいじょう》（現ソウル）の中学校に異動することになる。

6．恋と革命の幕開け

京城中学へ異動命令

詩集『土墻に描く』が発禁処分になると、その噂はたちまち学校中に広がり、公職にある内野には相当の処分があるものと噂された。しかし、首都、京城に異動命令が下り、栄転のような形になった。この処遇には、大田中学元校長の関本幸太郎の取り計らいがあったとささやかれた。関本はエリートで教育界に力があったと思われるが、本当の理由はわからない。

こうして内野は、朝鮮半島での2校目の教師生活が始まる。それと同時に、結婚という人生の転機も迎える。妻になったのは詩人の後藤郁子。それはそれは美しい女性。

後藤郁子　『詩集　午前０時』の口絵より

ふたりのロマンス

郁子の父親は炭鉱労働者だった。地方を転々とし、その転勤先が内野の故郷、対馬で、しばらくそこで暮らしている。そうした縁で、後に知人が内野を紹介することになった。すぐに文通が始まり、健児は『耕人』を出したことを彼女に伝えている。

郁子も、1年間の文通で、彼の編集していた『耕人』を知ったと書いている（『詩学』１９６３〈昭和38〉年4月号）。朝鮮の子が〝凧揚げ〟する様子や、洗濯する女性たちの姿を、彼女は詩を通して初めて知ったのだろう。そして、健児は自分の詩が発禁になったことも伝え、「激烈な詩句をもって『安寧を害する』と当局の忌避にふれ一部分を省く事で何とかケリがついた」と手紙で教えた。

これに対しての郁子の思いは〝粋〟なのだ。「権力よりも文化、詩芸術をたづさえて日鮮友好したいという彼の気持は美しいいし、協力出きるならばとその時感じました」と。郁子は、権力にまさる文化や詩芸術の価値を認められる人だった。その力で日鮮友好したいという健児に自分も協力したいと思ったのだ。

結婚は両親に反対されたと郁子は書いている。娘が朝鮮に行くのもそうだが、相手が当局に睨まれている人物だとなると、普通の親なら反対するだろう。しかし郁子は覚悟を決めた。そして、1925（大正14）年「彼が迎えに来て」（当時は北海道にいた）、「朝鮮へ渡ることに」なった。健児は25才、郁子は21才。若いカップルは理想に燃え、郁子は検閲でズタズタにされた内野の心を、女性らしい優しさで包み込んだのかもしれない。二人の結婚はこうして始まった。

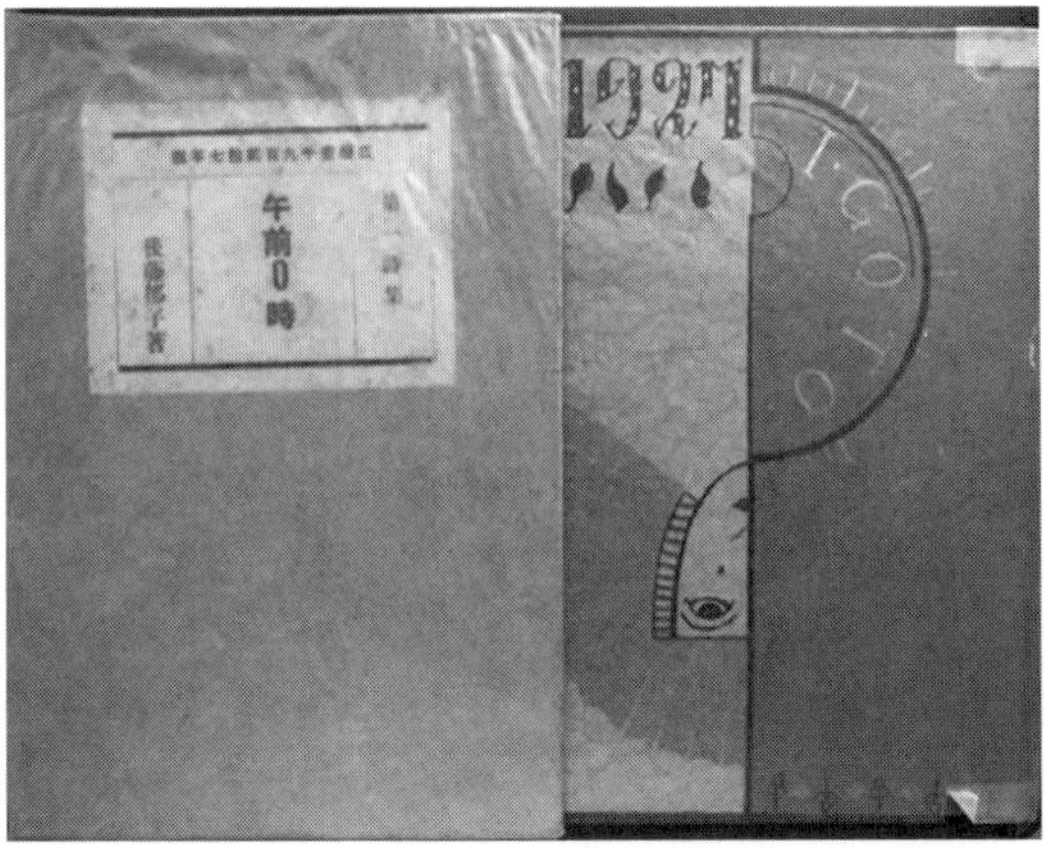

『午前0時』は郁子の第一詩集。前衛的な表紙デザインが特徴

京城に移って結婚した内野は、自分の両親と同居している（両親はその後、すぐに対馬に帰郷）。郁子は家庭生活の傍ら、自らも詩を書き、内野と一緒に出版社を立ち上げ、雑誌を発行した。郁子の詩風は、まっすぐな健児の作風とは異なり、モダニズムの影響を受けて前衛的な作風だった。

こうして、内野は郁子の詩活動を認め、男女は平等で、お互いの個性を発揮しながら、良い影響を与え合った。さらに、『耕人』で集まった仲間らとともに、大田での文学活動をさらに広げ、〝朝鮮で芸術文化の花を咲かせる〟という、より大きな計画を企てるのである。大袈裟に言うなら、都市京城での第2章は、二人の〝恋と革命〟の幕開けだった。

親友、多田毅三

『京城日報』を研究する辻千春によると、京城に移った内野は、はじめ「京城市本町29―6」に住んでいる。その後、親友の多田毅三が住む京城市舟橋町に引っ越し、その付近を詩活動の拠点にしている。植民地下では町名に日本名がつけられたが、「本町」は中心地の意味で、高級な一等地といったところか。植民地朝鮮については、当時の絵葉書に写真が残っているが、ソウルの繁華街の様子には、着物姿の日本人、日本語のたくさんの看板などが写っている。どう見ても日本人の街で、首都はいかにも支配民族のものといった感じがする。

内野は、京城で、妻だけでなく、多田という親友も手に入れる。多田は、郷土が内野と同じ対馬で、1921（大正10）年に朝鮮に渡っている。内野が大田に赴任した年と重なるが、1923（大正12）年に『京城日報』学芸部記者になっている。

彼は美術家志望だったが、実は、『土墻に描く』に挿絵を描いている。多田の挿絵は、土墻のある家の門に、白衣を着た朝鮮人が座っている絵で、柔かいタッチ。激烈な詩句が散らばる内野の詩とは対照的だ。多田はこの『土墻に描く』が差し押えにあった1923（大正12）年11月には、

『京城日報』で記者をしていたので、この本が差し押えにあったことはもちろん知り、ともにショックを受け合った仲。内野が心許す友だったのだろう。

京城名所本町１丁目（郵便局横）絵はがきより

京城では早速、多田のお隣りに引っ越し、再び新しい詩活動をスタートさせる。そして、「朝鮮芸術社」という名の出版社を起こし、雑誌『朝』を発行する。編集兼発行人は多田で、発行場所も多田の家になっている。内野ははじめ、詩を中心にした雑誌を考えていたようだが、画家だった多田の考えを入れて、芸術全般を視野に入れた。「朝鮮芸術同盟なるものを起こし文芸、美術、音楽の総合雑誌を創刊しよう」と内野は書いている。

そして、〝詩和会〟を結成する（１９２６〈大正15〉年2月）。〝詩和会〟は、日本ですでにあった詩人たちのゆるい集りで、萩原朔太郎は、気取らない談話風の集りだったと書いているが、詩話会からはたくさんの名作が生まれている。

内野らは、朝鮮半島にこの詩話会をもってきて、互いに自由に意見を交わし、気取らない談話の中から、朝鮮での新しい芸術世界を語り合った。〝詩和会〟はしばしば、京城日報社の会議室で開かれたとあるので、多田が場所を提供したのかもしれない。

「朝鮮芸術社」の主張

「朝鮮芸術社」が発行した『朝』という雑誌の創刊号で、内野は「朝鮮芸苑立言」という宣言をしている。そこでは、朝鮮に分散していた文学界、画界、音楽界を一つに統一すること、さらに、朝鮮人の活動と日本人の活動がバラバラであることに着目して、「根本は一つに通う、散らばった木の葉は各々、親木にかえってうるわしい一本の樹木とならねばならぬ」と、日本人も朝鮮人も平等に、一つになって活動することをめざした。

〝詩和会〟には、実際、朝鮮人も参加している。1926（大正15）年6月19日、第7回京城詩和会が京城日報社会議室で開かれ、その時、朝鮮人の金岸曙《キムアンソ》が「諺文に拠る詩壇の現状に就て」（諺文は朝鮮語で書かれた文章）の題で話をしたとある。金岸曙は「朝鮮詩人会」を組織して、朝鮮人グループの詩誌刊行を企画していると内野は書いている。

彼は後に、朝鮮の代表的な詩人となる人物。朝鮮には当然、母国語で表現する朝鮮人たちの詩の会があった。金岸曙はその中心的な人物だった。内野は朝鮮人の文学活動を尊重しつつ、ともに一つの潮流をつくり上げようとしたのだろう。決して取り込もうなどとは思っていなかった。

一方、多田は「朝鮮芸術社」について、京城日報にこう書いている。

「わが朝鮮に於て余り芸術は等閑視されていた。が併し其所にはかつてうるわしい芸術が存在しなかったのではない。（略）過去に於ける陶磁、建築、絵画、彫刻、歌謡、音楽、朝鮮ではなくては得られぬ多くのものがある。我々はそれらに討究の手を延し鑑賞の眼をむけて朝鮮の持つ美を味解せねばならぬ（略）」（「植民地期朝鮮における創作版画の展開―朝鮮創作版画会」の活動を中心に―」辻千春より孫引き）

多田は、朝鮮に広がる豊かな文化に目を留め、その美を理解するべきだと主張する。陶磁や建築や絵画……。その国の国民に愛されてきた芸術が、その国固有の文化芸術である。しかし、それを「等閑視」してきた、つまり、ないがしろにしてきたと感じるのである。しかし多田はそれを知ろうとする。世界のどこに、独自の文化のない、未開の地などあるのか。少しでもその土地に踏み込み、人々の生活に触れるなら発見できることではないのか。

しかし、京城の日本人街だけで暮らし、日本人の生活だけを見ていたら、そこには気づけないだろう。内野らは市街地に住みながらも、朝鮮固有の文化を掘り起こそうと努めた。多田は、「何しろかかる総合芸術雑誌は朝鮮未曾有の事ではある」と書いているが、朝鮮植民地下でこんな活動をした日本人は、彼らを置いて他にはいなかっただろう。彼らは雑誌の発行の他に、有名百貨店を使っての美術展覧会、文芸講演会、音楽演奏会も企画して、地方も巡って、半島への普及に努めていたようだ。

彼らの活動は、日本の支配的な言語を武器に、文化支配を試みる植民地の文化戦略とは異なる。また、アジアという未開の地を開発し、「アジア共栄圏」構想で、中国や東南アジアを欧米列強の植民地政策から解放する、という日本の植民地支配を肯定する言説とも異なっている。彼らが目指したのは、日本人も朝鮮人もともに生きるこの地で、新たに生まれる「朝鮮芸苑」だった。

雑誌『朝』とその詩

内野は、『朝』の第2号（1926年6月発行）に、「李王薨去《こうきょ》」という詩を書いている。大韓帝国、最後の皇帝、スンジョン（純宗）の葬儀場面である。

「李王薨去」

桜、花咲く四月二十六日は、午前六時十分ことされ給う
白衣白衣白衣白衣白衣白衣白衣白衣白衣白衣……………
しらじらと、しらじらと

敦化門にひた寄せる波のむれ
あいごをうあいいごをうをうをうをう……………
やるせない唸りは
渦巻いてせまる！

鈍色の昌徳宮――――

かきにごされた大空の胸に
しぶく桜の群葩《むらばな》も蒼ざめはてて

あいごをうあいいごををうをうをうをう…………………
重々しい心は圧搾されて
里から洞から――――鐘路へ敦化門へ
白衣白衣白衣白衣白衣白衣白衣白衣白衣白衣…………………

1926　春

注（略）

純宗は、日本帝国によって翻弄された悲劇の朝鮮王である。朝鮮の王朝は、そもそも、日本が1910（明治43）年に朝鮮を併合すると、大韓帝国の皇帝だった純宗とその一族は、日本の皇族に組み入れられる。誇りある韓国の李王朝は、王の位を奪われて、李王家という日本の一皇族の地位に落とされる。朝鮮人がこれに納得するわけはなかった。王家の血を引く純宗の死は、朝鮮民族の死であり、彼らの悲しみは日本への恨みでもあった。

純宗は1926（大正15）年に死去し、内野が詩に添えているように春の5月に葬儀が行われた。その際、葬儀の方法で、日本政府は日本式の葬儀を行おうとし、朝鮮人は朝鮮式の葬儀を求め、もめたという。文化が違うのだから儀式の作法が違っても当然である。

内野のこの詩は、「眼」という詩で試された、活字の羅列が見られる。朝鮮民族が誇る皇帝が亡くなり、「里から洞から——鐘路へ敦化門へ／白衣白衣白衣白衣白衣白衣白衣白衣白衣……」と、村々から葬儀に集まる朝鮮民族を、白衣の文字の羅列で映像化する。李王の死を悲しむ声は、嗚咽となって喉から絞り出され、人々の群れは膨れ上がり、群衆となった時、脅威にすらなる迫力である。

昌徳宮は、純宗の宮殿で、敦化門はその宮殿の門。鐘路は、内野の注で「京城鮮人街の主要街鐘路から敦化門へ通ずる大道がある」とあるように、日本統治下の朝鮮人街である。内野は朝鮮人たちの誇り高い場所に立ち、悲しみと怒りを詩に詠む。彼らは、総督府の建物を揺るがすほどの声で、

朝鮮総督府　景福宮（朝鮮王宮）を撤去して建てられた　絵はがきより

純宗の死を悲しんでいる。内野は純宗への誇りを忘れない朝鮮人の魂を詩に詠まずにはいられなかった。

『朝』は創刊当初、総督府の内務局長から理解と後援も得て、好調な滑り出しだったと書いている。それと奇異なことだが、この時期、総督府は内野を朝鮮総督府文官試験委員に任命している。公務員の採用試験を担当する委員らしいが、これは反体制分子に対する、出世を餌にした当局の懐柔策だったかもしれない。

『全仕事』編者の任展慧《イムジョネ》氏は、『朝』は、朝鮮にいる日本人芸術家の結集を意図していたと解説しているが、1号、2号の寄稿者は92名だった。運営資金は、『耕人』の残金、社友や誌友からの会費などで賄ったが、豪華な装丁でお金をかけ過ぎたためか、すぐに資金難に陥り、結局2冊出して廃刊となった。しかし、内野らはその程度で挫けることはなく、新しい雑誌『亜細亜詩脈』を立ち上げることになる。

柳宗悦、浅川伯教との交流

内野の評論には、京城での生活が少し書かれているが、その中に、柳宗悦が教えてくれた飲食店に入ってみたという記述がある。また、柳と一緒に「朝鮮民族美術館」を立ち上げた浅川伯教は、京城で画材屋をやっていて、そこにはよく行っていたと書いている。

また、多田が加盟していた「虹原社」は、１９２３（大正12）年に京城で結成された美術グループだが、浅川伯教もそのグループに入っていた。そして、浅川は、雑誌『朝』の表紙画も描いている。その時、扉絵は多田が担当している。内野らは、柳や浅川らと直接交流していたようだ。

彼らは、朝鮮文化に理解をもっていた点でもちろん共通点があった。多田は、「朝鮮芸術社」で朝鮮の美を説明する時に、「陶磁、建築、絵画、彫刻、歌謡、音楽……」と、「陶磁」を真っ先に挙げている。その背景には、朝鮮の陶芸品を発掘した柳宗悦らの民芸運動があり、それを意識していたと想像される。

柳宗悦の抵抗と内野の抵抗

柳宗悦は、朝鮮で教師をしていた浅川伯教との交流から、朝鮮の陶磁器に魅せられたらしい。それ以降、朝鮮半島をまわって、朝鮮の古仏像や陶磁器などの工芸品を発掘した。彼は、無名の職人の手によってつくられた〝雑器〟の中にこそ美を発見した。

柳が朝鮮人の民芸品を収集していたことは有名だが、抑圧される朝鮮人へ激しい怒りをぶつけたことはあまり話題にならない。そもそも柳は、1916（大正5）年に朝鮮を訪問し、朝鮮文化に魅了される。朝鮮へ親しみを持つ柳は、その後、三・一独立運動が起きた時に、弾圧した朝鮮総督府に激しい怒りをぶつけている。

彼は早速、「反抗する彼らよりも一層愚かなのは、圧迫する我々である」という文章を書き、読売新聞に投稿する（「朝鮮人を想う」）。彼は、日本人を正当化する世の見方とは一線を画し、圧迫する日本人の愚かさに怒りをぶつけた。

そして、彼は、朝鮮総督府建築のために取り壊されそうになった、李朝王宮にある光化門を守る活動を始める。その時に書いた「失われんとする一朝鮮建築のために」（『改造』1922年9月号）には、彼の最大級の怒りが、次のように、強い文体で表現されている。

「光化門よ、光化門よ、お前の命がもう旦夕に迫ろうとしている。お前がかつてこの世にいたという記憶が、冷たい忘却の中に葬り去られようとしている。どうしたらいいのであるか。私は想い惑っている」

門を擬人化し、人間に対するように愛着をもって語りかける。続けて、「お前を死から救おうとする者は反逆の罪に問われるのだ」としながらも、自分がその矢面に立ってこう書く。

「誰もが言葉を躊躇している。しかし沈黙の中にお前を埋めてしまうのは私には余りに悲惨だ。それ故言い得ない人々に代って、お前の死に際しもう一度お前の存在をこの世に意識されるために、私はこの一篇を書きつらねるのだ」

柳は、朝鮮人の言うに言われぬ思いを、自分自らが代りに訴えた。しかも、反逆の罪を覚悟してまでもだ。抑えきれない怒りが文体にみなぎり、力強い文体に惹きつけられる。民芸家、柳宗悦のもう一つの大事な顔であった。

内野が『土墻に描く』に続き『朝』で朝鮮民族の怒りを書いたように、柳もまた、朝鮮人の言うに言われぬ感情を表現した。実際には、柳の方が先に書いた文章だから、内野が影響を受けたものだろうが、二人には根底に同じものが流れていた。

柳のこの抵抗活動は、歴史を変えることになった。光化門は倒壊を免れて、景福門の東側に移築され、1924（大正13）年4月に、柳と浅川兄弟らの手により「朝鮮民族美術館」が設立された。美術館には、彼らが朝鮮半島で収取した民芸品が納められた。〝民芸〟の力が政治を動かしたのだ。

「失われんとする一朝鮮建築のために」を掲載した『改造』は、社会主義的な評論を多く載せた雑誌で、内野ら知識人の愛読書だった。朝鮮でも出ていたので、内野は柳のこの一連の事件を大田で知っていたのだろう。その時には、内野は内野で『耕人』を発行し、抑圧される朝鮮人の苦しみを描いていた。

京城に移った内野は、光化門と、柳らが建てた「朝鮮民族美術館」を真っ先に見に行ったかもしれない。実は、内野の勤務先だった京城中学は、この王宮の敷地内にあった。

7. 教え子、中島敦と湯浅克衛

京城中学校にて

京城中学校で教鞭をとった内野にとって、おそらく忘れられない生徒が二人いた。作家、中島敦と湯浅克衛である。特に中島敦が、のちのち著名な小説家になるとは思ってもみなかっただろうが、中島の神童ぶりは教師内野を尻込みさせた。中島の同級生だった湯浅克衛は、内野の授業場面をこう回想している。

「三年、四年になると、先生は、敦の質問にたじたじとなることが多かった。漢文は、三年は、内野健児先生、四年の時は、瀬木孝太郎先生であった。内野先生は、いつも謝ったので、ことなくけりがついたが、瀬木先生は東洋大学の教授から来られた七十近い人だったので、又、ウンチクを傾けて、云いかえしたが、翌日、敦のひっさげて来た文書を示されて、カブトをぬぐと云う光景がちょいちょいあった」（「敦（トン）と私」湯浅克衛）

まさに〝出藍の誉れ〟。中島のズバ抜けた教養は、内野はもちろん元大学教授をもタジタジさせた。しかし、この教授とは違い、内野には素直に否を認める正直な資質が覗く。内野はすでに中島の才能を認めていたのかもしれない。

中島は、親の事情で少年期から朝鮮で暮らしている。１９２０（大正９）年９月に朝鮮京城府の小学校に転入し、１９２６（昭和元）年３月に、内野のいた京城中学校を卒業している。彼はもともと、漢学教員の中島田人と母・チヨの間に生まれ、両親の離婚後、父方の祖父、中島慶太郎（中島撫山）のもとで育った。中島慶太郎は、漢学塾「幸魂教舎」を開いた名士だった。

小さい頃から漢学に囲まれて育ち、後に中国の歴史物を題材にして小説を書く。漢文の先生であった内野にして、とても歯が立つ存在ではなかったのだろう。中島は京城中学を飛び級で卒業し、東京に帰ると一高、東大コースに乗る。学生新聞に小説を書いて作家デビューするのである。

湯浅克衛

一方、湯浅もまた、中島の存在を認めていた。内野の授業について、「作文の時間は、きまって、敦と私と二人のものを朗読させたが、学識豊富な、格調ある敦の文章と、『小鳥の死』などと云う私の感傷的な物語は、どうも格が違うように恥かしく、この時間が一番つらかった（後略）」と回想している（「敦と私」）。しかし、何故か「点数は私の方がよかった」とも書いているが。

湯浅克衛は、父親が朝鮮総督府の職員だったことから、小中学校時代を朝鮮で過ごしている。日本に帰ってから、１９３４（昭和９）年に『カンナニ』という朝鮮時代の思い出を小説にして発表し、彼の代表作になっている。〝カンナニ〟は、湯浅と思われる少年と一緒に育った朝鮮の少女のあだ名。三・一独立運動を背景に、日本人と朝鮮人の間の葛藤や矛盾を描いている。中島と同様、植民地朝鮮で育ち、その経験から小説を書いた稀有な作家といえる。また、湯浅は内野夫妻について、こんな回想も残している。

「作文は、三年、四年とも、内野健児先生だった。対馬の出で、高師出の人だったが、先生臭はなかった。美しい奥さんと、昌慶苑（王室動物園と植物園）を歩いていたと云うので、早速悪童が、黒板にその情景を描いたが、夫妻とも詩人で、『亜細亜詩脈』と云う詩誌を出していられた。午前二時／鐘路警察署に、爆弾がとぶ／ＤＡＮ　ＢＡＢＡＮＮＮ。正確には覚えてはいないが、そんなふうなダダ的な、アナアキストらしい詩だった（後略）」

昌慶苑を散歩していたとあるが、京城中学は、朝鮮王宮の広大な敷地の中にあり、この辺りは散歩コースだったのだろう。休日には、美人の奥さんと歩く姿を冷やかされている。また、彼が詩人として活動していたことも生徒は知っていたようだ。

湯浅は、内野が朝鮮を追放されて日本に戻ってからも、東京の内野の元を訪ねている。「内野先生は、後に思想問題で追放されて、東京に移られ、私が『焰の記録』で、改造懸賞小説に当選した昭和十年には、明星学園の先生をして居られた」と書いている。

そして、当選の祝いに内野は夫妻で湯浅が住んでいた経堂の家を訪ねている。また、後藤郁子の詩集の出版記念会が、新宿の白十字であった時に湯浅は二人に会っている。内野が『ナップ』というプロレタリア文学雑誌に、新井徹の名で詩を書いていたことも知っていたようだ。

昌慶苑動物園（京城）「百鳥乱れ遊ぶ」と書かれている　絵はがきより

二人の教え子、湯浅と中島。湯浅は東京に帰ってからも内野を忘れなかった。一方、中島と内野との交流を残す文章は残っていない。湯浅には、どこか人懐こいところがあり、正直な湯浅の作文に、内野は中島とは異なる資質を見出し、高得点をつけたのかもしれない。これは推測に過ぎないが。

中学生、中島敦の素顔

湯浅は中島を〝トン〟と呼んでいた。湯浅と中島は、小学校から朝鮮にいたという珍しい共通点もあり、文学好きも似ていたのか、仲が良かったようだ。中島は完璧な秀才肌だったが、湯浅の回想によると、別の一面が伺える。

湯浅は、ある日、雑誌『改造』を授業中に読んでいた件で、2週間の停学処分をくらう。これを知った中島は、教員室に飛び込み、湯浅の処分に抗議する。その時に、中島が勢いよくドアを開けたため、跳ね返ったドアにおでこをぶつけ、敦《トン》の眼鏡がすっ飛んだ。

その時の敦のセリフがふるっている。

「『改造』を読んでいたからと云って処罰したら、〝天下の京中の名誉にかかわります〟」

これを聞いた教師は、虚を突かれた形でしばらくは声がなかった、と湯浅は書いている。

『改造』は、先に書いたように、柳宗悦が「失われんとする一朝鮮建築のために」を投稿した雑誌で、政権には批判的だった。政権寄りの官立学校とはいえ、読むだけで停学処分とは何ということか。そう思った中島は、そんなことで罰する料簡の狭さを突き、教師たちを黙らせてしまったのだ。

また、同じようなエピソードを湯浅はもう一つ挙げている。湯浅は、谷崎潤一郎の『痴人の愛』を読んだという理由で、図書館に監禁された。中島は監禁された湯浅を、放課後に訪れ、授業の内容を教えていたという。「私には仰ぎ見る畏友であった」と湯浅は書き残している。

『痴人の愛』は、1924（大正13）年3月から『大阪朝日新聞』に連載され、同年6月に検閲当局の警告のために連載中止となる。そして、同年11月に続きが『女性』に掲載され、1925（大正14）年7月に改造社から出版されている。

検閲に引っかかったのは、15歳の少女ナオミと、育ての男との破滅的な話しであること、また性的描写も多く、「風紀を乱す」との理由だった。『痴人の愛』の発行時期は、二人が京城中学の生徒だった時期と重なっているので、これは事実だったのだろう。好奇心旺盛な男子中学生が、背伸びをして読んだだけのことを、罰するとは本当に〝天下の京中の名誉にかかわります〟である。勘の良い二人の教え子は、政権批判が許されない現実を知っていた。表現の自由が制限され、朝鮮人への差別と彼らの人権が侵害される様を日常的に見て過ごしたのだろう。内野が詩のことで当局から睨まれ、飛ばされて京城中学に赴任したことも知っていたのだろうと思う。

作家中島敦の朝鮮

中島が湯浅を助けたのは勇気ある行動だ。彼には正義感もあり、親友を助ける気概があった。彼の代表作『山月記』は教科書で習った人も多いと思うが、この主人公と中島とでは、あまりに違い過ぎる。

『山月記』の主人公〝李徴〟は、詩人で官吏だったが、「臆病な自尊心と尊大な羞恥心」を抱え、詩人としての成功ばかりを求め、他人の視線ばかりを気にする小心者だった。そして、人の世で生きられず、孤独な虎に姿を変えてしまうのだ。中島は、官吏やエリートの、あるいは人間のうちに潜む〝優越感〟が肥大したあまり、他者を受け入れない人間の不幸を書いてみせた。家族や友人をかえりみず、自己本位のプライドが、結局は虎に変貌させてしまった。虎に身を落とし、脱することができない姿はあまりにみじめである。それは、友人を助けた中島とは異質である。

中島は朝鮮を舞台に二つの作品を書いている。一つは『巡査のいる風景』で、1929（昭和4）年に一高の『校友会雑誌』に発表している。その後、『虎狩』を1935（昭和10）年に『文學界』に発表している。〝植民地文学〟と言ってもよい作品である。少し紹介したい。

・中島敦の『巡査のいる風景』

この小品（習作）は、京城という植民地都市で働く朝鮮人の巡査を主人公に、植民地都市下の日常生活にはびこる朝鮮人差別を描いている。1923（大正12）年の冬のある日、巡査の趙教英は、バスの中で朝鮮人が差別されるのを目撃する。彼は日本人の巡査として働く身であるが、朝鮮民族のアイデンティティをもつ人間であり、その狭間に立たされてしまう。日帝支配下での矛盾である。

当時、植民地の朝鮮人差別について書くことはタブーだった。この作品の発表にあたり中島は、牧歌的な伊豆の話を題材とした「蕨・竹・老人」という小品と一緒に発表し、この作品をカモフラージュしたと言われている（『中島敦全集Ⅰ』ちくま文庫、勝又浩氏の解題より）。

『巡査のいる風景』の中には、関東大震災時に朝鮮人虐殺が起きたことが書かれている。ある朝鮮人女性が、自分の夫が関東大震災で死んだと思っていたが、実は東京で虐殺されたと知る場面がある。しかも、夫を亡くして暮らしに困り、娼婦に身を落とす。中島は、検閲を恐れずにこの朝鮮人の事実を思い切って書いたと理解すべきだろう。「交友会雑誌」という目立たない発表誌も隠れ蓑になったのだろう。この勇気は、湯浅を助けるために職員室に飛び込み、勢い余って眼鏡が飛んだ中島の雄姿と重なる。

この作品の描写力は極めて優れている。「一九二三年、冬が汚く凍って居た。そして汚ない儘に凍りついて居た。殊にS門外の横町ではそれが甚しかった」「甃石には凍った猫の死骸が牡蠣の様にへばりついた」と恐ろしいほどリアルに描かれる。「S」とは鐘路の町のことである。

そして、ソウルの街の風景を靴跡で描き出す。それは、「朝鮮人の船の様な木履《ポックリ》」「日本のお嬢さんのピカピカした草履」「支那人の熊の足の様な毛靴」「今にも転びそうな日本の書生の朴歯」「磨き上げた朝鮮貴族学生の靴」「元山から逃げて来た白系ロシア人の踵の高い赤靴」「それから足も大分出かかった坦手（チゲ）——荷物を背にのせて運搬する朝鮮人——のぼろ靴」「まれにはいざりの乞食の膝から下の断たれた大腿部」という具合である。

多民族と、乞食も、足のない人も、雑多な人々がワケあって吹き寄せられた街。それが京城の街だと中島は書く。特に朝鮮人が多く住む「S門外」の「鐘路《シオーロ》」の風景を見逃さない。首都ではなく、辺境の鐘路に視座を据える点は、内野の詩作とも共通している。作品の中には、朝鮮人と日本人学生との喧嘩のシーンもある。「高等普通高校生とK中学生」の喧嘩と書かれているので、朝鮮人学校と、中島が通っていた京城中学の間で、喧嘩が絶えなかったのだろう。

この作品は、植民地時代の記録が残された貴重な作品と言えるが、書いた時点では中島は東京にいた。中島の中では植民地問題への拘わりは続いていたのだと思われる。

・中島敦の『虎狩』

『虎狩』は、中島と重なるような中学生の〝私〟と、両班《ヤンバン》（朝鮮貴族）の〝趙大煥《チョデファン》〟との友情物語である。人種が異なる二人は、親しくするものの、結局は親友とはなり得ない。二人の間にある溝は、植民地下に生きる人間の葛藤の溝であり、中島の経験から生み出されたと想像する。

〝私〟は、小学校5年生の時に日本から転校してきた。父親の仕事で度々、転校を経験してきた〝私〟は、転校の気まずさをよく知っており、「理由もなく新来者をせめようとする意地の悪い沢山の眼」を知る少年だった。この〝私〟像は、父親が教員だったために、小さい頃から日本全土を転々とした中島の姿と重なる。

〝私〟と〝趙〟は、小学5年生の教室で出会い、それから仲良くなるのだが、そのきっかけになったのは、〝私〟が小学校で授業中にまわりの失笑をかい、運動場の隅っこで泣き出したい気持ちでいた時、寄ってきたのが〝趙〟だった。〝私〟は彼にもからかわれ、カッとして胸ぐらを掴み喧嘩になる。しかし、〝趙〟が本気でないことがそれとなく伝わったのか、二人の間のわだかまりは氷塊する。それから2、3日して、二人は学校の帰りに同じ道を並んで歩く仲になる。

『虎狩』はこうしてドラマチックに始まる。日本から植民地に渡り、何度も転校する子どもの居心地の悪さを抱く〝私〟と、日本人と過ごす朝鮮人の居心地の悪さを抱く〝趙〟という、異端の二人が、その違いに気づきながら、それとなく惹かれ合う関係として描かれていく。

詳細は原作にゆずるが、結局、〝私〟は趙に親しみをもって接しようとするが、趙は最後まで手の届かない存在で終わる。日本と朝鮮の溝は深く、容易にうずまることはない。『虎狩』という作品は、親しくしたかった〝他国〟の親友に、その思いが届かない悲しい物語でもある。中島は、安易に日鮮融合を唱える植民地支配の虚を突き、趙をファクターに、融合し得ない現実を突きつけたのである。おそらくそれは、中島が朝鮮で感じた違和感だったと思われる。

中島敦の年譜によると、中島と湯浅は4年間、京城中学で同窓生だったことになる。中島は1920（大正9）年9月に朝鮮京城府の小学校に転入し、1926（昭和元）年3月、京城中学校を卒業したとあるので、湯浅と過ごしたのは、1922（大正11）年以降の4年間だったと思われる。内野は大正10年に大田に勤め、1925（大正14）年の9月に京城中学へ転勤しているので、中島を教えていたのは、半年とごくわずかな期間だった。二人が関わった時間は短かかったが、植民地の〝虚〟を二人は見抜いていた。その点で二人は共通していた。

8.『亜細亜詩脈《あじあしみゃく》』の発行と朝鮮追放

新しい朝鮮文壇の確立

内野は京城中学に勤める傍ら、『耕人』を廃刊にすると、『朝』『亜細亜詩脈』『鋲』の三つの雑誌を立て続けに発行する。その間わずか3年。新しく「朝鮮芸苑立言」を宣言し、新しい朝鮮文壇をつくろうと試みたのである。

日本は、1920（大正9）年に「内鮮一体」「日鮮融和」をスローガンに掲げる。これは、朝鮮独自の文化の確立ではなく、日本文化への同化であり、皇民化政策だった。しかし、内野は、純宗の葬儀の詩で見たように、他国の支配を受けない朝鮮文壇の確立を目指した。

『亜細亜詩脈』発行

内野と妻の郁子が『朝』の次に発行した『亜細亜詩脈』は、1926（大正15）年10月12日に創刊する。「京城詩話会」という詩の組織を「亜細亜詩脈協会」と改称し、新たなスタートを切っている。編集兼発行人は内野が担った。

『亜細亜詩脈』は、文字通りアジアに詩の鉱脈を作るという意味。内野が勤務していた京城中学は、王宮の広大な敷地内に建てられていたが、翌月に発行した号で内野は、王宮の近くにあった鍾路をテーマに選んでいる。鍾路は、先に見てきた通り、王宮の近くにある朝鮮人の町だった。鍾路警察は、朝鮮人への監視が厳しく、不穏な動きを絶えず見張っていた。内野はそこを切り取る。

「鍾路警察署」

鍾路の中央に座して
お前は何を凝視しているか
お前の観測するのは
刻々に移りゆく気象

多くの天気予報が誤謬である以上に
難解な天候――

低気圧は変則な軌道をゆき
温度は寒暖計を狂わせ

雨は想わぬに驟雨・猛雨・雷雨
風は測らぬに疾風・烈風・旋風

常に欺瞞されながらも
捨て得ぬ女の様に

お前は深夜も眼を光らせて
思想の雲を眺めている

（『亜細亜詩脈』１９２６年11月）

〝思想の雲〟とは、反日分子の動きのことだろう。鍾路警察の目は絶えず光っていたが、内野は、天候が変わるように、朝鮮人の動きは予測不可能。権力で押さえつけることはできない、と詠んでみせた。『亜細亜詩脈』という雑誌の特徴的な詩の一つだ。

モダニズムの花火

『亜細亜詩脈』は、地方都市の大田とは異なり、都市ならではのモダニズムが感じられる。漢字を羅列したタイトルも奇抜だが、レタリングも凝っている。装丁は版画家で著名な恩地孝四郎が手掛けている。恩地は、抽象画を得意とし、具象を描かずに色や形で感情や概念を表現する。恩地は雑誌の趣旨を読み取り、内容を抽象化して表現した。余談だが、恩地孝四郎は明星学園の父兄だった。息子の恩地邦夫は内野の教え子であり、これは後述する。

『亜細亜詩脈』創刊号　『全仕事』口絵より

内野は「薄穢ない詩旗」という表題で、雑誌の意味を説明している（同誌1927年1月号）。

彼は「矛盾も争闘も欲望も憎悪も総て現実の正体を暴露する詩人はいないか」と叫び、「醜もない、美もない、悪もない。善もない。ゲンジツのすべて」を表現する。「尿便よ、腋毛よ、陰毛よ、ウヂムシよ、臓腑よ、太股よ、卵巣よ、残飯よ、雑巾よ、スベテを空にブチ撒け」とまで書いている。

内野にしてはかなり乱暴な表現だが、理性や常識を超えた、シュールリアリズムやダダイズムを感じさせる。確かにこの時期の内野の詩には、実験的な詩が多く、それは大正末から昭和にかけて起きたモダニズムの影響だったと思われる。

モダニズムは、これまでの価値観をいったん破壊し、横から斜めから、いわば世界をひっくり返してみる。既成概念を打ち壊し、そこから新しい世界を構築する手法だった。

この頃から、資本家対労働者の対立、つまり社会主義も内野の中に入ってくる。しかし、内野は、「多彩多色の花火に、驚異させようと云うのではない」とし、「ゲンジツのすべてを白日の下に解剖し点検」すると書く。

それを、「神に背いて神をみる。神の背に唾きして神を正面にむけしめる」と言い換える。つまり、反理性（神に背く）をあえて表現しても、破壊の後には建設が用意されているのである。

内野らは、20世紀初頭の新しい文化潮流に乗り、新しさを追求した。会の規模としては、会員が39名、会友12名と小さな会だった。出稿者数は124名で、そのうち朝鮮人は6名。特別会員として、金岸曙（のち韓国の著名な詩人）の名があり、彼は朝鮮語で朝鮮の詩を書いていた詩人。日本語でも詩を書いている。

また、京城帝国大学教授で英文学者だった佐藤清の協力（特別会員）も力となり、また、文壇の大御所だった川路柳紅、若山牧水を招いて文芸大講演会も企画している。すると、千人もの観客が来たというから、会への注目度はかなり高かったようだ。

彼らの活動は都市部だけでなく、朝鮮半島の各地域へも広がっていた。「釜山詩学協会」という釜山の詩団体とは支会の関係を結んでいる。１９２６（大正15）年11月に釜山日報社で開かれた「全鮮詩展」に詩を出品したという記録が残っている。

日本人居住者が多かった釜山に、詩の愛好家が集まっていたとしても不思議ではない（短歌や俳句の会はあった）。また、雑誌や単行本の発行以外に、臨時展覧会、講演会を朝鮮内の各地域で行っている。遠足なども行っていたようで、楽しんだ様子も伺える。

朝鮮文壇素描

内野は『京城日報』の１９２６（大正15）年1月3日付の夕刊に「過去の朝鮮文学界と其将来」という記事を投稿している。内野は書店をまわって文壇の状況を掴んでいたようだ。

この文章には、１９２５（大正14）年度の朝鮮文壇の概況が、具体的な作家や作品名と一緒に挙がっていて見逃せない。内容は、一．文学界の地方分権、二．朝鮮に存在する二文壇、三．諺文による文壇、四．日本語による文壇、五．朝鮮文壇の将来の5章からなる。

簡単に紹介すると、一では、朝鮮文壇を日本の一地方と位置づけ、中央志向ではなく地方の独立を説いている。二では、日本語と朝鮮語の両方で書く文学が存在していること、三では、朝鮮語で書かれた雑誌や作品名、四では日本語で書かれた作品や作家名を具体的に挙げている。そして、五で朝鮮文壇の理念を説明している。

実際、朝鮮の文壇では、日本語より朝鮮語で書いた作品の方が多く、内野は朝鮮語が読めないこともあり、その方面については詳しく知らないと告白している。しかし、朝鮮語の作品をいくつか紹介し、雑誌『朝鮮文壇』、『開闢《かいびゃく》』という中央公論式の雑誌、『新女性』という婦人雑誌等の名前を挙げている。詩は少なかったようだ。作家は、李光洙《イグァンス》と金岸曙の両大家の名前を挙げている。このうち、金岸曙は内野の会の特別会員になり、後に朝鮮語の文学についても講演している。しかし、「中心となって活動している人は十名内外に過ぎない」と書いているので、朝鮮文壇も黎明期だったことがわかる。

日本人の創作についても挙げているが、その中で、『耕人』を挙げ、「半島詩壇に一時期を画するものといってよかろう」と自画自賛している。そして、今後「半島詩壇が何によっていかに進展して行くか」が大正十五年度の課題だと書いている。まさに、京城で内野らの始めた、新しい活動の時期へと繋がっていくのである。

朝鮮文壇の将来

先の記事の五に当たるが、朝鮮文壇に求めていた内容は、「をん文（ママ。諺文で朝鮮語のこと）による文学と内地語による文学とは半島においてより以上に接近せねばならぬ」である。つまり朝鮮語による朝鮮人の作品と、日本語による日本人の作品が必要だという考えである。朝鮮人が日本語で書くことではなく、両国人がそれぞれの母国語で作品を書くことを求めたのだ。その例えとして、内野はアイルランド文学を持ち出す。「朝鮮文学を内地文学に対してアイルランド文學の地位に立たしめる」と書き、イギリスから独立したアイルランド文学のように、朝鮮は日本から独立した独自の文学をつくるべきだと書く。それは支配からの独立を意味していた。

『亜細亜詩脈』6月号の発禁処分

『亜細亜詩脈』の1927年6月発行号は、発売禁止となった。目次には内野の弟、壮児の「ハウ劇場」が載っているが、この作品が発売禁止の理由となった。「ハウ劇場」は、ドイツ人のハウという男が労働者たちに社会主義の思想を教えるという短編小説で、「ドイツ語のインターナショナルを書いた部分が治安妨害に当たる」とされた。インターナショナルという思想が当局の忌避に触れたのだ。

「去る六月十四日、鍾路警察署高等課の一警官はわが亜細亜詩脈六月号の発売禁止を伝えて同誌残部を押収し去った。『ハウ劇場』の一篇が治安妨害に当ると云うのである」と『亜細亜詩脈』には書いてある（「茶卓詩議」本誌の発売禁止。1927年8月号）。また、後藤郁子は、「私が発行者だったため鐘路署に呼ばれ『治安維持を害す』とのこと」とも書いている（『全仕事』「新井徹との道」）。

休職処分と朝鮮追放

内野は、この件で中学校を休職処分になる。しかし内野は、「同程度のものは数少なくはあるまい」と警察を批判した。この頃、梅原龍三郎の裸婦2点が処分され、日本国内でも社会主義運動が盛んで、弾圧の厳しさは増していた。『亜細亜詩脈』の6月号が発禁になり、休職処分にもなった内野だが、しかし、その後も『亜細亜詩脈』は発行し、彼らの活動も活発だった。『亜細亜詩脈』は1927（昭和2）年の11月に終刊するが、翌年の1月には『鋲』という雑誌を郁子と二人で発行する。権力には最後まで屈しなかったが、7月9日、とうとう内野に朝鮮追放令が下るのである。

1928（昭和3）年、7月9日、突然、朝鮮総督府から京城中学教諭を罷免され、朝鮮追放を宣告される。総督府は〝退職願〟を受理したかたちで処理。内野には自主的に退職届けを出させ、国の責任はないとする、実に卑怯な手段だった。しかも、送別会を開くことも禁止したというのだ。

〝怒る〟内野

内野は追放された時の無念な気持ちを、「河豚《ふぐ》」という詩に託した。わが身を解体された河豚になぞらえ、怒りをぶちまける。身体を鞭うたれた河豚は「腹は破裂して憎悪の烽火を揚げる」。そして、「彼奴等」（国のこと）に劇薬を塗ると詠む。

五体解体し、五臓六腑ちぎれても
体内の奥秘に
彼奴等の血脈を断つ最後の劇毒を
塗ることを忘れるな

（「河豚」「地上楽園」に掲載。１９２７年8月）

『土墻に描く』で見たように、内野の過激な詩語はここでも健在である。6月に発禁、7月に追放。発禁後の6月にはこの詩を詠んでいる。復讐心がめらめらと燃え上がる。河豚の解体を、追放された我が身に例え、解体した奴らに復讐する。毒を塗り込んで血脈を断ち、殺すとまで書く。内野の国への怒りは頂点に達した。もちろん、検閲を意識して河豚はメタファーである。

朝鮮にさよなら

内野は、朝鮮を去り行く船の中で、「俺を玄海の彼方にホッポリ出すんだ／ホッポリ出されるもんかと／歯ぎしりすることも／舷側を握ってポタポタ涙することも」と悲しみと怒りを詩に詠んでいる。

（前略）
みんな別れだよ　白衣の人々
李君　金君　朴君　朱君
名もない街頭の戦士・乞食君
苦役の浮草・自由労働者担軍《チゲクン》
さよなら　さよなら
さよなら　貧しい俺のお友達
（後略）

と詠み、朝鮮で出会った詩活動の仲間と、詩の中で詠んだ民衆に別れを告げる。
しかし、彼は、再会を期し、最後の3行に思いを込める。

再び来る日まで
アイツと君らのいる水平線
さよなら　さよなら　暫しのさよなら

（「朝鮮よ」1929年8月、『宣言』創刊号）

内野は、遠ざかる船の中から、再び朝鮮に戻ると告げている。内野は朝鮮で約8年程過ごしたが、それは一過性のものではなかった。彼は再び朝鮮の地に戻り、自分が抱いた理想を成し遂げようと思っていたのだろう。

活動の継承

内野が朝鮮を追放され、彼らの活動は終わったかに見えた。しかし、内野が去った後、多田は朝鮮に残り、1929（昭和4）年5月に絵画研究所を開き、〝創作版画〟を朝鮮の地に確立するのである。これに関しては、先に挙げた辻千春が『京城日報』を丹念に追い、創作版画の形成についての研究をまとめている。そこでは、多田が中央画壇に立ち向かい、庶民芸術である創作版画を樹立するまでの動きが明らかになっている。

朝鮮での創作版画は、年賀状に使われ、誰でも手軽にできる点が人気を集めた。さらに、1年の三分の一が冬期である朝鮮では、春や夏に写生した絵を、オンドルの部屋で版画にする。これは風土に適応し、中学生や小学生も喜んでつくったそうだ。内野らの活動は、多田の版画を通して、朝鮮の地に小さな花を咲かせた。それだけでも、内野らの活動は単なる一過性の活動ではなかったと言える。

内野は、日鮮融和を「互いに接近して理解しゆく所に愉快な精神上の抱擁融和も生じよう」と書いた。文壇の確立というと大げさだが、平たく言えば、両国の人々が仲良くなり、人が人を愛すること。その果てに、信頼が生まれ、本物の融和が生まれる。やがてそれが文壇形成へと繋がる。内野らが願ったのはそういう姿だった。

内野の評価

京城中学の卒業生で、詩人の村松武司は、「かつて京城で内野を追放した中学に学び、昔ひとりの革命的な詩人教師がいたということを伝説的に聞いていた」と『全仕事』の中の寄稿文で書いている。内野は、京城中学で伝説の教師になっていたようだ。

内野研究に先鞭をつけた任展慧《イムジョネ》は「朝鮮時代の内野健児」という論文の中で、仲間の中村漁波林が、朝鮮とゆかりのある詩人33人のアンソロジー『朝鮮詩華集』を出し、その序の中で内野について書いた文章を紹介している。そこには「全く未知であった朝鮮の詩野を開拓し、幾多の新人輩出」の機運をつくったと書いている。また、朝鮮の詩界は内野に負うところが少なくなかったこと、また朝鮮の詩壇を築いた最初の人だったと書いた渋谷栄一のことも紹介している。

内野らは朝鮮の文壇をつくろうとしたが、それはそう簡単ではなかっただろう。雑誌の参加者はほとんど日本人で朝鮮人はわずかだったし、そもそも朝鮮語を解さない日本人が主体となっていた（これは内野も認めている）。また任展慧は、朝鮮人を「鮮人」と表記する内野に違和感を感じると指摘する。

いずれにしろ、「半島詩壇も次第に黎明期の希望」を孕んできたと内野は書いているように、彼らの活動はまだまだ黎明期だったことがわかる。１９２８（昭和３）年の春頃に書いたと思われる「半島詩壇の動向」という内野の文章には、郡山弘史、後藤郁子、上田忠男の三氏が詩集を続出したとあり、朝鮮半島最初の全国詩展が三越楼上で開かれたことも書かれている。

逆に言えば、内野はようやくつぼみをつけたところで朝鮮を追放されたのだ。これは内野に相当のダメージを与えたと想像できる。

こうして内野は、無念の思いで朝鮮を去り、東京に移動する。職は解かれ就職先を失った。そして、朝鮮を追放されたその年の7月、内野は明星学園の上田を訪問することになる。

参考資料

『植民地朝鮮の日本人』高崎宗司著（岩波新書、2013年4月26日、第11刷）
『別冊　1億人の昭和史　日本植民地史1　朝鮮』（毎日新聞社、1978年7月1日）
『獄中手記――何が私をこうさせたか』金子文子著（岩波文庫、2017年12月15日）
『日本統治下の朝鮮』山辺健太郎著（岩波新書、1971年2月1日）
「韓国・大田市が日本統治時代の『敵産家屋』を文化財登録」（東京新聞、2023年3月27日）
『新人国記4　福岡県・外地・山形県・栃木県』朝日新聞社編（朝日新聞社、1983年5月25日）
『詩学』壺井繁治ほか著（詩学社、1963年4月号）
『詩集　午前0時』後藤郁子著（森林社、1927年8月）
「植民地期朝鮮における創作版画の展開―「朝鮮創作版画会」の活動を中心に―」辻千春の論文（名古屋大学博物館、2014年10月）
『民藝四十年』柳宗悦著（岩波文庫、1984年11月）
「敦と私」湯浅克衛著（『中島敦全集2』付録「ツシタラ3」文治堂書店、のち『中島敦研究』筑摩書房に収録）

『中島敦全集Ⅰ』（ちくま文庫、１９９３年1月）
『京城日報』（朝鮮総督府、１９２６年1月3日付夕刊）
「朝鮮時代の内野健児」任展慧著（『季刊三千里』第11号、１９７７年）

II

明星学園の
教師時代

9. はじめましての明星学園

上田八一郎との出会い

内野は、朝鮮を追放され、行き場を無くしたあげく明星学園に辿り着く。いわば〝拾われ組〟。拾ってくれたのは明星学園の創立者の一人、上田八一郎だった。内野は、朝鮮にいる時に上田から一通の手紙を貰った。上田は朝鮮の大邱《テグ》で中学校の教師をしていたが、そこを辞めて明星学園に来た時の手紙らしい。内野が明星学園という名を初めて知った時だったのかもしれない。

手紙の消印が「三鷹村牟礼」とあり、帝都（東京）から離れた田舎だと感じたようで、内野は校長にもなるはずの上田が、なぜ出世を投げうったのか、「小原國芳氏と並んで名声嘖嘖《さくさく》たりし一方の雄が草の中で朽ちられる筈もないと考えた」（嘖嘖＝人々が口々に言いはやすさま）とまで書いている（『星雲時代』第38号、1938年7月18日発行。以下同じ）。小原は成城学園の教師で、後に玉川学園をつくる人物。教育界では上田も小原も、そして赤井も重鎮だった。また、植民地の教員は、ある程度のポジションだったことも垣間見れる。

内野健児、面接に

とにかく奉職しなくては、の一念で内野は暑い盛りの7月、明星学園を訪れる。「昭和三年七月某日（略）、僕ははじめて明星学園中学校を訪ねた」。そして、「先生の理想の学校を見、あわよくば一面識ある先生の下に働かせていただこうと出掛けた」と書いている。

内野が吉祥寺から明星に着くまでの描写も面白い。

「僕は地図と首引で吉祥寺下車、何処をどう通ったか判然とはしないが、幾山河を越えるおもいで学園の標柱をたよりにやっと辿りついたときはほっとした。その途中所謂板橋グランドの松かげ道で一婦人に出会って、こういう人里離れたところを通る女性もあるのかと思ったことであるが、後から聞けばそれは志垣寛氏夫人とのことであった」

吉祥寺からどの道を通ったのか、とにかく井の頭公園の森を抜け、これを「幾山河を越え」と大袈裟に表現している。あえて大袈裟に書いたのかもしれないが、相当の田舎だったことがわかる。途中で出会った夫人は志垣寛の夫人とあるが、志垣は大正自由教育で有名な「児童の村小学校」（池袋児童の村小学校）にも関わり、明星学園の創立期にも尽力した人物。息子を明星に入学させており、後に内野の教え子になる。

内野は続けて、校内の様子を書いている。

「さて、学校に着いてみると、校内はガランとして誰もいない。いやお爺さんだかお婆さんだかだけはいたに違いない。誰かに、今上田先生は生徒をつれて井頭《ママ》公園に水泳に行っていられるということを聞いたことは確実だから。因より、その頃は今のプールはなし、あの池の一部を描した天然プールで泳いだにちがいないことというまでもない」

ここに書かれている「お爺さんだがお婆さんだか」は、おそらく用務員さんだったと思われる。後に上田は、用務員のおじさんについて愛情たっぷりな思い出話を書いているが、省略する。明星では用務員さんと生徒との距離が近かった。

それにしても、井の頭公園で泳いでいたとは驚きだ。ともかく、内野は上田の帰りを待った。ようやく帰ってくると、内野の話を聞いた上田は「まあいわば寺小屋で、僕一人で何でもやっているから君に来て貰わんでもよい」と言ったという。内野は勧められるとは「夢想し得な」かったと書いている。まさか、勧められるとは思っていなかったようだ。上田の言葉には、官立学校を経験した内野に対して、小さな寺子屋の明星でいいのかと、少し謙遜する気持ちがあったのかもしれない。

内野は、帰りは井の頭公園を通り、池のまわりを散歩して帰ったと書いている。7月の井の頭公園の木立は生い茂り、さわやかな風を運ぶ。朝鮮で見てきた寂しい枯れ木と重ねて、これから始まる明星での生活をイメージし、内心、就職できるのか気がかりだったと想像する。

内野は、通常の4月からの勤務を前倒しして、その年の翌年、1月からの採用となった。

自主自立の学校

吉田賢次（1931―1942、国語・歴史）は、明星学園に面接に来た時の回想を残している（前出号に同じ）。その中に上田の大事な教育観が伺えるので紹介しておきたい。

吉田は、面接に来た時、「明星」という「文学青年でもつけそうな名」を探し、吉祥寺か武蔵境駅をふらつけば何とかわかるだろうくらいの気持ちでやって来た。霜解けの道を歩き、こんな山奥に人が住んでいるのかと思いながら、「妖怪変化どもが或ひは……等と心細くなり、何だってこんな所に来たのかなアと物悲しくなった」と書いている。

するとやっと見えたのが中学の小屋。上田先生は、「イヨオ！」と出てきた。授業中にもかかわらずである。そして、ストーブを囲み、二人で2時間も映画論をやったと書いている。さすがに気にした吉田は、授業はいいのですか？　と上田に聞いたところ、「何アに、ああして遊ばしておけばやがて飽きて勉強がしたくなる。其処で授業をやればイイわけサ」と応えたという。すると、校庭から職員室の窓に這い登ってきた生徒たちは、「先生！　授業しないんですか？」と言ったそうだ。

何ともユーモラスで明星らしい話である。上田は吉田に明星の教育について熱っぽく語ったそうだが、生徒に、勉強しろ！　とは言わなかったという。しかし、それこそが上田の教育方針。生徒をほったらかしにしているように見えながら、自主的に勉強したいという気持ちを待ったのだ。ユーモア精神に溢れる上田の教育理念である。次の言葉は名言である。

「私は飽く迄個性の尊重者である。世間では（個性—自由—我侭—放縦）（団体—規則—服従—統制）という風に飛躍的に考える人が多い。しかし私は特異性を持った大個性の集団でなければ団体も社会も強固なものにならないと信ずる。個性を減却した団体は、よし強制によって一時的の統制は得られるのであろうが決して永続きはしないと固く信ずる」（『ほしかげ』第12号「中等部所感　漫思風考」１９３４年）

明星は上からの強制ではなく、生徒が自主的に学ぶ、自主自立の精神を重んじた。生徒の意志を待つ上田の対応は、まさにそれを具現化している。自主自立の精神をもった個性の集まりこそ、最も強い力になることを知っていた。

植民地朝鮮で教えていた上田にとっては、朝鮮人への押しつけ教育をいやというほど経験していただろう。そして、押しつけ教育は「やがて剥げ落ちる」。上田は表層的な教育の無意味さを見抜いていたのかもしれない。その点では、朝鮮で教壇に立った内野も同じ認識に立っていたのではないか。

内野の明星での生活は、同じ志をもつ人たちとの出会いでもあった。そして、朝鮮体験は、創立者の赤井の中にもあった。次節ではその点に触れたい。

10. 赤井米吉の教育観 ――「ドルトン・プラン」

〝変わりもの〟を愛する？

さて、いよいよ内野は明星での教師生活を始めるが、その前に、明星の教育について見ておきたい。明星学園といえば、誰でも「個性尊重」「自主自立」「自由平等」を知っている。まるで明星の看板フレーズだ。明星生は〝のびのびしている〟〝少し変わっている〟など、褒められているのか、どうなのか、そんなふうに言われることも多い。

赤井米吉ら創立者は、１００年前にこの理念を掲げて、まず小学校をつくった。この言葉が生まれた背景には、大正自由教育の理念があった。それは、欧米の新しい教育運動の流れを汲んでいるが、児童一人ひとりの個性を尊重する「新教育」と呼ばれ、国の教育者らも海外に渡って研究を始めた。その一人が、赤井だった。

赤井に最も大きな影響を与えたのは、アメリカのヘレン・パーカーストが唱えた「ドルトン・プラン」。これは、アメリカだけでなく、当時ヨーロッパにも大きな影響を与えていた。「ドルトン・プラン」は、1920（大正9）年代にヘレン・パーカーストが始めた教育指導法で、アメリカのマサチューセッツ州、ドルトンにあった小学校で始まった。ドルトン実験室案とも呼ばれ、小さな田舎の小学校の試みだったようだ。小さな、という点も明星に似ている。

彼女が書いた「ドルトン・プラン」についての文章の中には、「変わりもの」という言葉がある。それは、発明王のトーマス・エジソンの言葉なのだが、彼女は「ドルトン・プランの発祥」（『ドルトン・プランの教育』以下同じ）という第一章の中で、それを紹介している。

エジソンは自分を〝変わりもの〟だと言っているのだが、エジソンの思想はこうだ。「好まないことを勉強させないようにすることが肝要である」「子どもは生まれながらに学ぶことを好むもので、大きな好奇心をもっている」と。そして、教育が子どもに興味をもたせることに失敗している、とまで言っている。教育そのものが良くない、という意味だろう。しかし、面白いのはその後に続くエジソンの言葉で、「この方法を改めたらもっと〝変わりもの〟がたくさん出てくるであろう。わたし自身がこの〝変わりもの〟なのである」というところ。

子どもの興味関心を伸ばすという考えは、明星の教育に繋がっている。しかし、エジソンは、そうすると〝変わりもの〟がたくさん出てくるというのだ。点数や成績のためにいやいや学ぶ教育はつらい。また、人間性も損なわれそうだ。〝変わりもの〟は世間的通念や常識からはみ出しているかに見えて、実は人間的な豊かさを秘めている。明星にはそんな、面白い味のある〝変わりもの〟

が結構いたように思う。

赤井とヘレン・パーカースト

それはさておき、このヘレン・パーカーストの「ドルトン・プラン」を紹介したのが赤井だった。実際は、洋行帰りの彼の師、澤柳政太郎（成城学園創立者、元文部官僚）が翻訳を彼に勧め、すでに「ドルトン・プラン」に関心をもっていた赤井は、得意の英語を活かして早速とりかかった。出版すると予想以上に大きな反響があり、本はまたたく間に売れたという。そして、その印税を赤井は明星学園の創設資金に全額入れたというのだ。

パーカーストは何回か日本に来ているが、熱狂的な歓迎で迎えられた。1924（大正13）年には、成城小学校と大阪毎日新聞社の招きで来日し、約1か月半滞在している。成城小学校の講演を皮切りに、西日本を中心に講演してまわったという。その県は仙台、富山、金沢、福井、京都、奈良、大阪、神戸、岡山、広島、松山、福岡、鹿児島、熊本、長崎、壱岐、山口、名古屋、東京とある。

その中で、仙台での様子を書いた「宮城県におけるドルトン・プランの紹介とその反響」（「東北大学大学院研究年報」）が当時の様子を詳しく書いている。その時赤井は、パーカーストの通訳を務めている。当時の赤井は、明星の業務や授業の傍ら、新教育の普及活動に余念がなかった。仙台での聴講者は、市内各学校教員ら千数百名に及び、農村の公立小学校では全職員が参加したという。パーカーストは、日本の学校も視察したが、どんなふうに思ったのだろう。

仙台の講演会では、まず、成城小学校を創立した澤柳政太郎が、ドルトン・プランについて紹介し、午後は、赤井が通訳をしてパーカーストが講演。聴衆があふれ、立錐の余地もないほどだったというから、児童を主体とした新教育の理念に多くの教育者らは魅了されたのだろう。

「壱岐」に来る

パーカーストは長崎県の「壱岐」に行ったとあるが、壱岐の某サイトがなんとその当時のことを載せている。

１９２４（大正13）年、東京に来ていたヘレン・パーカストの講演会に行った壱岐の学校長全員が、壱岐にも来てほしいと嘆願したという。その結果、講演会が実現し、当日は、教育委員会の関係者、壱岐の16校の校長、一般市民や児童が集まり、「日米の国旗を打ち振りながら、万才を連呼しつつ出迎えました」と書いている。このサイトにある説明はこうだ。

まず、クラス制度や時間割りを廃止。生徒は、自分で、自分の個性や能力に応じて、科目ごとに、1ヵ月間にどの科目をどこまで学習を進めるか、という学習計画を立てる。そして、生徒は教師と、1ヵ月間にどの科目をどこまで学習を進めるかを約束する。生徒は、この計画に沿って自習し、その結果を教師に提出し、合格するとポイントをもらい、それを、教室の後ろの壁に貼ってある学習進度表の升目を、指定された色で塗りつぶしていく。

生徒は、自分の能力に応じて学習を進め、教師は生徒の学習進度を、学習進度表から判断する。教師は、一人で、何科目も受けもたず、自分の専門科目だけを指導する。

そして、生徒の自由を重んじるだけでなく、「協同」(「共働」と訳した赤井の訳語に通じる)を重視し、他者の成長を助ける。具体的には、週に一回クラス会議を行い、それぞれの、進度表の問題点をチェックし合い、議論や討議をする。また、個人が直接所属している集団だけではなく、さらに種々の異なる集団とたえず交流させ、他と離れては生活できないことをわからせる。教師は、子どもと学校、子どもと他の教師、子どもと親との関係、親と学校との関係を、うまくまとめる役目を果たす。

また、宿題については、教師は、時間の使い方を身につけさせるために、学習意欲を引き出すことのできる分量の宿題を与える。宿題は、多過ぎてはいけないという考えで、生徒がもっと宿題がほしいと感じるように仕向けていく。両親は宿題を教えることはなく、責任感と独立心を育てる。教師は、一方的に教えるのではなく、与えられた宿題をどのようにして調べていくのかを話し合い、生徒の意見や主体的な姿勢を最大限に尊重し、助言を与える。

郷ノ浦町にある「盈科《えいか》小学校」ではドルトン・プランの教育が実践され、この様子を視察したパーカーストは、「ドルトン・プランの三要素がよく現れていること、児童の学習態度が実に良好であること、壱岐の教育王国でこの進んだダルトン・プランを発見して大変嬉しく思う」と挨拶して帰国したそうだ。

壱岐にまで新教育が行われていたのは驚きだが、師範学校の各地への波及と、新教育を学んだ教師の情熱ぶりが伺える。

「自由」と「共働」の重み

壱岐の実践を見ると、新教育の中身が見える。赤井が翻訳したパーカーストの本は、現在、『世界教育学選集80』（明治図書）に収められ、今読んでも新鮮である。そこには、一人ひとりの能力を伸ばす工夫が書かれ、そこに〝自由〟と〝共働〟を置いている。自分だけ良ければいいとする能力主義とは異なっている点が重要である。

この本の第2章では、「プランの原理」として、「第一の原理は自由」「第二の原理は共働」と指摘している。「自由とは、自分の必要なだけの時間をとることである」とし、この「自由」は、学習においては、興味関心を大切にして、自分の速度で学ぶ大切さとなる。「他人の時間でするのは奴隷である」と、教師の支配を受けることを〝隷属〟と強い言葉で批判している。教育が何者かの支配を受けることを強く牽制している点が見逃せない。

「共働」については、「集団生活の交流」と書いている。そしてジョン・デューイの『民主主義と教育』を挙げて、「学校の外で市民や国民がともどもに結びつくような相関関係を発達させねばならない、と書き、古い教育は仲間との接触が不十分であると批判している。さらに「他の人々の活動や困難に対して、当然関わりをもつことを避けられないように組織させられなけばならない」と書いている。

「共働」については、赤井は『明星の教育』（1931年8月号）で、「自由と協同」というタイトルで大事な指摘をしている。その中で、ドルトン・プランの理念である「教育は常に協同社会に於て行われ、共働人を養成することを目的とする」を挙げている。そして、大正自由教育がロシア専制の崩壊とドイツミリタリズムの瓦解から生れたこと、そして1931年頃のこの社会が資本主義の結果「大衆プロレタリア」の自由が求められなければならないことを挙げ、「もっと真実な自由の社会へもっと広い大衆を解放しなければならぬ」と社会全体を分析する。そして「人間が個体生命を有し、個人意識を持っている限り真の共働は各人における社会性の覚醒、又は共働心の発達にまたねばならぬ」と書き、その発達を担うのが教育だと書いている。ここでは、赤井の思想がプロレタリア詩人として活躍していた内野の思想と重なっている点にも注意が必要だ。

「共働」のもつ意味は深く、難しいことでもある。しかし、「共働」により、人は自分だけでなく、人を思いやる心を育む。利己的な自分から抜け出して、他者と平等に共存できる社会を模索する。例えば、それは障害者のインクルーシブ教育に繋がるだろう。仲間との触れ合いが不十分な教育環境からは、こうした他者の発見がなく、自己が社会化される道を閉ざしてしまう。「自由」以上に

「共働」は重要で、自由の上位に位置づけるべきかもしれない。

「ドルトン・プラン」から考えると、「個性尊重」は、学習ペースが異なる子どもたちを画一的な教育（教室）の中で教えるのではなく、個別の進度に合わせる教育である。「自主自立」は、〝自学自習〟の意味で、知識の注入ではなく、興味関心を伸ばす教育。自発的に学ぶ姿勢をもち、無理に勉強はしない、させない教育、と言えるかもしれない。

「自由平等」については、どうだろうか。パーカーストは学校のもつ「強制」や「勝手な権威的行為」「杓子定規の規則や拘束」を否定し、古い教育を批判している。校長のトップダウン、男女差別、家父長制など、その他もろもろ社会に潜むあらゆる圧力や差別。それは日本だけでなく、パーカーストのアメリカ、そしてヨーロッパも含んでのことだったのだろう。平等はこの権威や強制、差別のないところに存在する。新教育は、権威主義や社会的差別に対する抵抗だったと言い換えることができる。

明星が掲げる「個性尊重」「自主自立」「自由平等」は、ドルトン・プランの教育理念から改めて考えると、何となく茫漠としたこの言葉に、輪郭を与えてくれる。個を大切にして、何らかの強制や権威から自由になること。さらに、人を包摂する「共働」により、平等に仲間を尊ぶこと。この「共働」のない自由は、勝手気ままなそれに過ぎないだろう。「共働」は「他の人々の活動や困難に対して、当然関わり」をもつのであり、自己が社会化され、社会の問題に目覚め、何らかのアクション（行動）にも繋がっていく。「個性尊重」「自主自立」「自由平等」の先にあるものを見据える必要がある。

赤井と大正自由教育の出会い

赤井は、広島高等師範学校の出身で、内野や上田と同じである。実は、この欧米の新自由教育は、同師範学校が中心となって取り入れた。赤井は在学中から盛んにこの教育論を学んでいたようだ。内野も学んでいたと想像する。

槻木瑞生は、「1920年代の広島高師では、小西重直、長田新、福島政雄、西晋一郎、玖村敏雄などを中心にして、活発に『新教育』の考え方が議論されていた」(「『新教育』運動の流れと大陸における教育活動——戦前の広島高等師範の姿」)と書いている。この中の長田新は明星学園創立に協力した著名な教育学者。

槻木は『広島高等師範学校卒業生　著作概覧』(尚志同窓会、1927年)を挙げて、卒業生の論文の中に「ペスタロッチ、フレーベル、モンテッソリー、ダルトンなどの欧米の『新教育』に論及した著作が数多く並んでいる」と指摘している。そして、小原や赤井の論文も載っていて、二人は広島高師の「新教育」の中で育ってきたと書いている。

子どもの個性を尊重し、自学自習を唱える新教育は、大袈裟に言えば、教育の革命だった。高等師範で新教育を学んだ卒業生は、教師となってそれを広げた。その雄は、成城小学校、明星学園、小原国芳の玉川学園、羽仁もと子の自由学園。彼らが昭和期の「新教育運動」の中核になっていったと槻木は書いている。黒柳徹子の『トットちゃん』で有名なトモエ学園も、大正自由教育の流れを受けている。

１９３１（昭和６）年7月に明星学園が発行した『明星の教育』には、赤井の経歴が載っている（「同人影像」赤井園長）。これによると、「広島高師英文科出。教員巡礼は愛媛、石川、秋田の所県巡り、秋田師範の主事中芸術教育問題で当局と衝突し、そが動機で野に下り、成城は故澤柳政太郎氏の采下に幹事として隷属した」とある。

また別のところで赤井は「松山が四年三カ月、小浜が三年、武生が二年三カ月、秋田が七カ月、成城が二年、（随分転々としたものである）」と書いている（雑誌『渾沌』）。

しかし、秋田師範では、明星創立の同志、照井猪一郎との出会いがあったが、「校長の官僚的態度に反発を感じ、半年で辞任」と書いてある。官僚的態度が具体的にどんなことを指すのかわからないが、頭の固い俺様校長が、児童を中心に置く新教育に反発したのかもしれない。先の壱岐のウェブサイトには、「日本の教育界は、型にはまった生徒を育てるための、管理教育的な面が多いので、自由に育てられ、積極的に、誰に対しても、遠慮なく、自己主張できるような生徒を育てることは、ときの教育管理者にとっては、煙たい存在だったかもしれません」と書いている。新教育を受け入れがたい保守的な土壌が、日本の現場にあったことは想像に難くない。

赤井は、新教育を掲げる成城学園に辿り着き、その後、小原とのいさかいを経て、明星学園を創立することになる（小原は玉川学園をつくる）。明星学園の誕生には、新教育を学んだ教員らの下地があったと言える。

それにしても、校長の官僚的態度に反発して、たった半年で辞任するとは、赤井も風雲児だ。自己の信念を曲げず、権威に屈しない反骨精神が滲む。

そして、もう一つ。実は赤井は、「新教育」の普及で、朝鮮半島にも渡っていた。赤井がそこで見たものは、内野が見た朝鮮と重なるものだった。

11. 赤井米吉と朝鮮

植民地朝鮮で「新教育」を普及

雑誌『明星の教育』には、赤井がしばしば満州・朝鮮に渡って「新教育」の振興に尽くしたと書かれている。「新教育」は日本国内だけでなく、日本の植民地だった朝鮮半島や台湾、満州にも普及されていたのだ。

先の論考で槻木は、「新教育」運動と大陸の教育活動について触れ、「戦前に赤井と小原は大陸に『新教育』を伝える活動をする。赤井は朝鮮半島を中心に動いていた。小原国芳は、朝鮮半島、満州、大陸、そして台湾など、広範に歩き回って『新教育』を伝える」と書いている。

槻木は、植民地の教育には、「占領」や「侵略」という国家の視点だけでは理解できないものがあると指摘し、赤井らの「新教育」の普及は、「他国にある独自の文化や生活に根ざした教育」だったと書いている。つまり、上からの日本文化の押しつけとは違い、真の教育をめざしていたというのだ。

赤井の悩み

赤井は、植民地下の朝鮮で、教員に向けて「新教育」の話をしてまわったが、「その頃から私は予期しない悩みに陥った」と書いている。そして、特に朝鮮では「幾多の大きな問題を考えさせられた」というのだ。

赤井は、広島高師の教員や卒業生が寄稿する『渾沌』の1929年の新年号で、朝鮮について書いている。赤井は、明星の小学校ができて、早速、仲間に報告しようと思っていた時期だったが、その中で、こう書いている。

「鉄道が敷かれた。電車が走っている。一切の文明的施設が着々として行われている。確かにすさまじい勢いで発達していると云えよう。然しそれが果たして朝鮮の人々に幸福であろうか。私は敢えて桃源の夢を求めるものではない。然しかかる物々しい物質の文明は果たして彼等の精神を向上せしめるものだろうか。形をかえた人間の獣性が愈々跳梁するのではないか。そしてこの火に愈々油を注ぐものはそこの学校教育ではないか」

まず赤井は、鉄道敷設に象徴的な植民地の施設を挙げる。朝鮮総督府の建物に象徴されるように、植民地の建造物は華美で豪華さを極めている。しかしそれは「人間の獣性」、つまり、欲望や野望の跳梁《ちょうりょう》（＝好ましくないものがのさばる）を許すことになる、というのが赤井の見方である。繁栄を讃え、浮かれた日本人の見方とは一線を画している。これは、朝鮮で見た内野の思いと重なる。

赤井が見た朝鮮の教育

当時、赤井は成城学園に勤務していて、勤務の傍ら、朝鮮に行き、京城と義州に講演に行っている（1923年）。その時のことを『教育問題研究』（編集者・小原国芳）という雑誌に「朝鮮の教育」というタイトルで書いている。

朝鮮に行ったのは、澤柳が外遊のため、その代わりだったが、赤井は「会った人々も官吏、教育者の比較的高位の方に限られていた」と書いている。そして、「朝鮮の表皮をつついて見たに過ぎない」と謙遜しながらも、かなり本質的な問題を提起している。

赤井は、朝鮮総督府の教育を批判し、「一つは直接その局にある人々の所見を糺し、一つは未だこの問題を多く考えざる人々に訴えたいと思う」と書いている。高官を糺すなど、ただのイチ教員の赤井ができるのかと思うが、澤柳の使えでもあり、赤井の教育者の地位もプライドも高いものを感じる。また、朝鮮の本当の姿は日本国内で知られていない、ということもあった。

朝鮮人中学生の疑問

「朝鮮は結局如何なるか、これは朝鮮人の最も知りたがっているところであると云う。高等普通学校（鮮人中学校）の生徒は屡々これを質問する」と赤井は書く。中学生は、自分たちが「独立」しているのか、「隷属」しているのかを知りたいのだ。しかし、教員らは「君等がこうした安楽な生活をし、立派な教育を受けられるのは全く日本のお蔭だ」と、ありがたく思え的な、上から目線で答えたというのだ。

この教員の言い方には、植民地下で被支配民族を見下す日本人の驕りがある。赤井は怒りをぐっと押し殺して、「教育の目的は人を独立自主の人たらしめることである」と書く。朝鮮で赤井は、現場をまわる中で、植民地下の支配―ｓ被支配という隷属関係を感じ取ったのだ。そして、朝鮮人の独立自主を強く唱えた。赤井は現地の教員（ほとんど日本人）に向けて、朝鮮人の「独立自主」の必要性を訴えたのだ。それは「新教育」の、個人を尊重し、その自主性を重んじる考え方に繋がっている。

実用主義の教育を批判

赤井は続けて、朝鮮総督府の初代総督、寺内正毅の訓令を紹介している。寺内は、武断政治を行った強硬派。赤井は、１９１６（大正５）年の教員心得の「第二条　実用を旨として知識技能を教授すべし」を挙げて、寺内が主張する、実用を目的とする教育を批判する。実用や実学主義は、お国のための勉強で、実用は役に立つ人間、つまり「社会、国家の道具」になる人間を育てることであり、赤井は朝鮮人が日本国家の道具になっていくことを危惧したのである。そして、「人そのものの発展を目的」とするのが教育である、と説いたのである。

朝鮮総督府学務課長の視点

続けて赤井は、朝鮮総督府学務課長を務めた弓削幸太郎の考え方を挙げる。そして彼の教育論を「人民の外に国家なるものがあるかの様に思って個人と社会の関係も考えないで、人民を全く国家の道具の様にしようとする教育論」だと批判。赤井は個々が社会をつくるのであり、学校こそ「児童の自我実現の地」と考えていた。そして、朝鮮の地においても、「如何なることがあっても、彼等を教師や、年長者の我意のままに動かしてはならぬ」と主張している。

朝鮮総督府学務課長の教育に対する姿勢は、当然、大日本帝国憲法（明治憲法）のもとでつくられた教育政策である。赤井が指摘する「人民の外に国家なるものがある」という国の考え方は、「主権は国家にあり」という明治憲法に則っている。しかし、赤井の考えは、戦後の憲法「主権在民」の考え方であった。赤井はこう書く、いやこう叫ぶ。

「朝鮮の教育に対しても、人民の自由を認めよ、児童の自由を認めよ、彼等自身の為の教育であれ、それ自体を目的とせよ、と叫ばねばならぬ」と。これが赤井の朝鮮で普及しようとした教育観だったのだ。

朝鮮の修身教科書

赤井は、朝鮮の教科書（普通学校の修身書）を具体的に挙げて、そのバカバカしさを指摘する。教科書の内容とはこうだ。

「二人の人物が絵に出ている。一人は立派な官吏風の紳士である。一人は乞食でボロボロの衣服をきて木の下に坐している。二人はもと同じ学校の生徒であった。一人は先生のオシエをよく聞いて今は出生（出世か？）し一人は先生のオシエを守らないでこんな哀れな人になったとある。何と云う現金主義の教育であろうか。然もその絵がひどい。立派になった紳士はステッキを持って、乞食の友を尻目にかけている。乞食は恥かしさのあまり顔を反けようとしている」

何ともお粗末で、子どもだましなお話である。赤井は「何という利己主義の教育であろうか。自分さえよければよいのか。どうして昔の友が手に手をとっていたわっている様に出来なかっただろう。同じ組に机を並て《ママ》共に学んだ者が、こうも己のみよくして他をさげすんで行かれるものだろう。それが人の心の自然だろうか」と怒り、半ば呆れる。

この教科書では、立派な人とは官吏であり、官吏になりそこなうと〝乞食〟になるという、単純な差別的な図式がある。官吏が偉い人で、出世主義ありきだ。

しかし、赤井は出世主義を批判するのではなく、友だち関係を批判する。つまり、同じ教室の仲間なのに、その仲間を助けないところに憤っている。教室では仲間を助ける力や思いやりを育てることが大切で、それは、パーカーストが唱えた「共働」である。赤井が最も大切にしてきたことだった。

赤井は朝鮮の教育の根幹に「教育勅語」があり、「朝鮮人の教育は教育に関する勅語の趣旨に基き忠良なる臣民を育成」し、学校の規則や修身書など教育すべてに支配的だったと指摘する。天皇の勅語が絶対的であっても、朝鮮人には天皇は他人だろう。日本の天皇に朝鮮人が親しみをもつはずはないと皮肉ってもいるのである。

朝鮮の教員だった善方国男

こうして赤井は、朝鮮で見てきたことを批判する。そして、最後に朝鮮の教員にこう語りかけている。「私は諸君を思うとき胸がわなき、手がふるえて来ます。どうかすると涙さえも滲み出てきます。諸君は何という重荷を背負われたものでしょう」と。国家による教育支配が強まる中で、振り回される現場の教員は大変である。朝鮮人にどう向き合うのか、誠実な教師ほど悩むはずだ。

赤井は「人は自ら一個の人格」であると考え、「精神主義の教育」、つまり朝鮮人のもつ固有で個性的な文化や精神を尊重する教育が必要だと説いた。それは、国家に隷属する「奴隷養成」「植民地支配」の教育の否定であった。

赤井は、朝鮮で暮らす教員を心配する。「江原道の先生が赤痢の為に三人の子どもを一時に失われた」「平安北道の先生が赴任の路で妻子諸共に谷底へまろび落ち」「義州についた夜、清城鎮へ不逞人が三十八人か襲来した」と災いを挙げる。そして、朝鮮にいる「諸君の手に朝鮮を託す」「日本が世界人類に対して背負った大使命は諸君によって遂げられる」と激励する。

善方国男先生　明星学園50周年祝賀会での挨拶風景　明星学園資料室所蔵

赤井は、教育の国家関与や、古い憲法にある〝国家主権〟へ抵抗した。教育の基本に〝個人〟を置き、新教育を携えて煩悶する教員たちに希望を与え続けたのである。

明星で教鞭をとった善方国男は、かつて朝鮮の京城師範学校で教員の資格を取り、朝鮮の小学校で教えていたという。その善方に声を掛けて、明星に誘ったのは赤井だった。善方は、１９４３（昭和18）年に朝鮮を引き揚げ、教師として行き場を無くしていたかもしれない。想像だが、「明星学園ならもっと自由に教育ができる」と赤井は誘ったのかもしれない。善方は１９４６（昭和21）年から１９７６（昭和51）年まで小学校で算数を教えた。明星に拾われた教師はまた一人いたことになる。

12. いよいよ明星学園に勤務

内野は、1929（昭和4）年の1月から明星学園中学校（旧制中学）の教師になり、国語と漢文を教えた（在籍期間：1929–1944）。朝鮮で教師経験がある上田と、朝鮮で自由教育を普及していた赤井校長の理解がどこかで働いていたと想像する。

反権力の教師を雇うのは覚悟がいる。しかし、内野が入職した頃には、すでに左翼の牙城「唯物論研究会」（戸坂潤、他）のメンバーだった岡邦雄（1928–1930、数学）と伊藤至郎（1930–1932、数学）が教師をしていた。内野はその伊藤と気が合ったのか、井の頭公園を一緒に帰るシーンが記録に残っている。

自由を尊重する明星は、内野が教職の傍ら活動していたプロレタリア詩人運動も許した。「個性尊重」「自主自立」「自由平等」の基本理念は、内野を受け入れるに十分な土台だったとも言える。

内野は奉職しても、すぐにプロレタリア詩活動を再開している。しかし、彼は決して生徒をおざなりにすることはなかった。むしろ、詩に注ぐその熱い情熱は、生徒にも熱く注がれている。そして、上からの思想の注入ではなく、生徒の個性や自主性を一番に考えていた。それは明星の教育理念と不思議なほど重なっている。官立学校の教師を経験し、すでに30歳を超えていた内野だが、彼には明星の教育理念を〝さっと〟受けとめる土壌があった。そして、生徒とともにつくった新聞、『星雲時代』に彼の教育理念は結実するのである。

『星雲時代』の発行

『星雲時代』は、「僕らも僕らの新聞なり雑誌なりをもちたい」という、内野の教え子だった中学生たちの思いから生まれている。実は、中学生がそう言う前から、すでに明星には、小学5年生の『黒潮』、4年生の『曙』、3年の『あかつき』があって、女学校では『明星時報』という新聞を出していた。学園は生徒自作の新聞ばやりで、それに刺激されたのだろう、中学生の新聞『星雲時代』ができたのだ。

余談だが、最近、明星の小学校の校舎の中に入る機会があり、なんとそこには、この『星雲時代』によく似た装丁の壁新聞が廊下に貼ってあったのだ。やはり、生徒の手書きで、旅行に行った話やなにやら、自分たちで考えた記事が載っていた。

明星の小中学校職員室は生徒にとっては懐かしい。職員室には遅くまで明かりが灯り、先生たちは教材研究で残り、栓抜きとビールとコップをお供にしていた。生徒は日常的にそんな風景を見ながら育った。『星雲時代』も職員室を借りてガリ版でガリガリやっていたようで、夜遅くまで、時には休日も夏休みも、かまわず学校に出ていた。明星は生徒と教師の垣根が低く、そうした自由な雰囲気が明星の持ち味で、内野の時代もそうだったようだ。

上田の回顧録によると、『星雲時代』は昭和7年11月1日に創刊号が出され、戦争下でも出し続け、月1回のペースで約50号まで発行したようだ。戦争で紙の供給が滞る中で、よく50号も出したものだ。内野が病死した後も生徒たちは発行し続けたことになる。しかし、残念ながら現在、残されているのは、その三分の一程度。出すことに夢中で、保管など考えもしなかったのだろうが、それでも、ある一人の生徒の思いによって、かなりの部分が保管されたのである。

その生徒は、第1回卒業生の加藤誠之介（昭和8年3月卒）。確かに創刊号からよく書いている。内野も頼りにし、中心メンバーだったことがわかる。そして、5年後に（旧制中学は5年制）卒業すると、卒業後もちょくちょく明星に顔を出すのだが（そこも明星生らしい）、卒業前に関わった5年間分全号がきれいに残されたのである。さぞかし新聞に思い入れがあったのだろう。

女学校の生徒が出した『明星時報』も、岸すみれ（１９４６―１９９３、国語）らが、在校時代につくっていた雑誌で、空襲にあった時、肌身離さず持って逃げまわっていた、という回想が残っている。そのため、やはり岸がもっていた分だけが資料室に残ったそうだ。

仲間と一緒に雑誌や新聞づくりに夢中になる生徒たちの姿が目に浮かぶ。１００年近くも前の、遠い情景だが、課外活動にこそ力を入れる明星生の姿が偲ばれる。

美文、『星雲時代』創刊の辞

『星雲時代』の創刊号は、生徒が作る新聞とは言え、創刊の辞は内野が書いている。確かに内野の詩人魂が宿る名文だ。

太陽系の生成される前は、地球も火星も太陽も、みんなが渾沌たる星雲の渦巻きであったのだ。その星雲の中から若い星が一つ二つ三つ……と無数に生れて、蒼々とした宇宙に輝き初めたのだ。その嬰児のような星――それは或は形の整わぬものもあったろう。或は安定せぬ軌道をころげまわっていたかも知れない。しかし、それを渾沌たる暗夜に仰ぎ見た原始人が若し居たとしたなら、その驚異はいかばかりであったろう。そしてそれらは年代を経ると共に地上の花にまさる輝きを以て、悠久の詩をまたたき、智慧の光を人類世界になげかけている。

渾沌とした星雲、そしてそこから生れた若い星。その星は「形の整わないもの、安定しない軌道をころげまわっていたかもしれない」という表現は面白い。内野の目の前にいる、身体の大きさも大小さまざま、顔ももちろんさまざま、ちょっとヤンチャなやつもいた、そんな生徒たちの姿が思

創刊の辞

☆

太陽系の生成される前は、地球も火星も太陽も、みんなが渾沌たる星雲の渦巻きであつたのだ。その星雲の中から若い星が一つ二つ三つ……と無数に生れて、蒼々とした宇宙に輝き初めたのだ。その嬰児のやうな星―それは或は形の整はぬものもあつたらう。或は安定せぬ軌道をころげまはつてゐたかも知れない。しかし、それを渾沌たる暗夜に仰ぎ見た原始人が若し居たとしたなら、その驚異はいかばかりであつたらう。そしてそれらは年代を経ると共に地上の花にまさる輝きを以て、悠久の詩をまたたき、智慧の光を人類世界になげかけてゐる。

☆

学園に集つたわれらはまさに星雲時代だ。今は渾沌としてゐるがやがては新しい世界にその正しい軌道を占めるであらう。眞理の使徒としてあらゆる方面にさんぜんとして輝くであらう。此処には希望がある。歓喜がある。幸福がある。と同時に苦脳もある。悲歎もある。煩悶もある。時には手を執つて語り合ひ度い、時には詩文に托して慰めたいこともある。僕達はそれらをたゞ自分一人のものとして喜び、苦しむだけでなく、学園の友達同志が相扶け相励まして、よりよい自己と社会に発展させてゆきたい。今此に創刊の運びになつた「星雲時代」もさういふ類の僕らの一つの機関でなければならない。

☆

以前から各クラスで廻覧、若くは謄写の雑誌が出てゐた。五年の「黒潮」（以前の「黎」「浮き」）四年の「曙」、三年の「あかつき」等

丘の星　あかね

夕暮れて雨は晴れたり。
牟礼の丘は霞めるまゝに
湧上る闇につゝまれ
星一つま白き綸《いと》を、
武蔵野のしじまの底を、
流れ逝く水の面にたる〜。

明星學園
中學校

『星雲時代』創刊号　内野の創刊の辞が書かれている　明星学園資料室所蔵

い浮かぶ。しかし、その星は、やがて未来を、人類世界を大きく照らす、いわば希望の星になると内野は書く。

星というモチーフは月並みで、星に祈りや夢や希望を込める、とはよくある表現だろう。しかし、内野は星雲というカオスからの誕生を捉え、さらに人類世界というダイナミックな希望へ詠み進める。

学園に集ったわれらはまさに星雲時代だ。今は渾沌としているがやがては新しい世界にその正しい軌道を占めるであろう。眞理の使徒としてあらゆる方面にさんぜんとして輝くであろう。此処には希望がある。歓喜がある。幸福がある。と同時に苦悩もある。悲嘆もある。煩悶もある。時には手を執って語り合いたいし、

時にとっては詩文に托して慰めたいこともある。僕達はそれらをただ自分一人のものとして喜び、苦しむだけでなく、学園の友達同志が相扶け相励まして、よりよい自己と社会に発展させてゆきたい。今此に創刊の運びになった「星雲時代」もそういふ類の僕らの一つの機関でなければならない。（後略）

これは詩的な名文であり、重要な教えが詰まっている。彼は、星が正しい軌道を占めていくように、人間にも「眞理の使徒」として歩む正しい道がある、という信念をもっている。そして、その道は、あらゆる方面にさんぜんとして輝くのである。しかし、初めから正しい道があるというのではなく、正しい道がやがて世界を輝かすと捉えるのだ。

そして、人生には誰でも苦悩もあり、悲嘆も、煩悶もある。その時には「手を執って語り合いたいし、時には詩文に托して慰めたいこともある」と書く。独りで悩みを抱えずに、友だちに話し、時に表現し、それを互いに読み合う。『星雲時代』はそういう開かれた場。内野はそれを「友達と一緒に学園の友達同志が相扶け相励まし合う」と書く。

これは「共働」の精神である。先に見た通り、創立者、赤井の教育観である。もとはヘレン・パーカーストの教えだが、例えば教室で勉強が遅れた子がいても、助け合って一緒に成長しよう、という理念である。内野も友だち同士が助け合い、励まし合うことで、「よりよい自己と社会に発展させてゆきたい」と考えていた。

内野がここに書く「よりよい自己と社会に発展させてゆきたい」は、〝社会〟について考える契機を生徒に与えている。自分のことだけでなく、他人の幸せを考えること、すなわちそれが、社会を考えることであり、よりよい社会への発展に繋がるのだ。

朝鮮時代の彼は、詩作や詩活動を通して、被抑圧民族の朝鮮民族の味方となった。そして、教員の傍らプロレタリア詩人として、プロレタリアートという底辺労働者を助けようとした。内野の中では、詩精神と教育は同一地平にあったと言えそうだ。

『星雲時代』の伸びやかさ

『星雲時代』は謄写版の味わいが生きている。内野は、謄写版だから気軽に色んな雑多のものを盛っていける、赤裸々なわれわれの本当のものが書けると、『星雲時代』14号（1933年7月）に書いている。確かに活字は、画一化して何となく面白みに欠ける。伸びしろのある、自由な手書きの良さが『星雲時代』にはある。

新聞は「僕らの学芸、運動、趣味等あらゆる文化生活の反映であればよいのだ。此処で僕らは云いたいことを云い、論じたいことを論じ、歌いたいことを歌いたいのだ。此処は僕らの談話室であり、討論場であり、鍛錬場であり、文苑であり、詩歌の花園である」と内野は書いている。自由な表現、言論の自由を尊重する内野である。

紙面には、中学生男子が関心ありそうな話題で溢れている。ベースボールやレコード、昆虫や理科の実験、音楽、旅行記、日常の生活などで、探偵小説や詩などの創作や連載コーナーもある。自由なのびやかさが紙面に現れている。また、国の公共施設や企業、工場などの見学記事も多く、軍事教練に関する記事も書かれている。これから社会に出ていく男子として、自分の将来を見据えていることも伺える。

自分たちでつくる楽しさ

雑誌の編集後記は、舞台裏が見えて面白い。本文よりも先に読んだりするが、『星雲時代』には毎回、編集後記が載っていて、台所事情がわかって面白い。

「本紙の題名については光・自由新聞・文化新聞・明星新聞・ニコニコ新聞・交友・星雲時代・若い星・明星タイムス等々多数あって、最初、若い星に一時決定したが、更に世論により星雲時代に確定した」（創刊号の編集後記）

新聞の名前を決める時の、これから生まれるものへの期待感。みんなで決め、心を響き合わせる楽しさ。続けて部を割り振っている。

編集部…志垣、倉田、寺地、大橋、下中
印刷部…加藤誠、古川、宮田、富永、小林、川津、有坂（弟）

通信記者を委任した人々・・・松平、梅田、今西、有坂、福中、渡辺充、恩地希望や適性などから割り振ったのか、選ばれることは嬉しいものだ。月1回のペースで出していたようで、紙面も大きく、なかなか大変そうだ。何を書こうかから考えて、原稿の締め切りも守らなくてはならない。誤字脱字のチェックも必要だ（これはかなりあったようで、内野が時々指摘している）。特集も組み、企画会議もやって、全体の紙面構成まで考える。かなり本格的な新聞だった。

それだけにやり甲斐もあったのだろう。生徒たちは、夜、遅くまで学校に残り、休日も夏休みも返上して打ち込んでいたようだ。教員が与えるのではなく、自主的に自由に活動することは楽しい。その楽しさの中で生徒たちは時を忘れたのだろう。

13.『星雲時代』から見る学園生活

徽章をつくる

『星雲時代』が発行された1932（昭和7）年頃は、まだ中学校〈創立は1928〈昭和3〉年〉ができて4年目だったが、校舎も含めて未整備な部分も多かった。生徒たちが新校舎を楽しみにしている様子は『星雲時代』にも書いているが、中学校校舎は1933（昭和8）年に増築されている。とにかく学園は活気づいていた頃だった。

あの、懐かしい明星の徽章も、実はこの頃にできている。『星雲時代』5号の3ページの紙面は、徽章がテーマで、そのデザインを生徒に募集していた。

「みんなふるって応募せよー

帽子の徽章とボタンの図案を一般から募集して、松岡先生の選で決定されることになった。四年では義務的に考案しているが、その他の人々も選んで描いて応募しようではないか。僕等の精神を象徴したもの、明星の校風にふさわしいものが、どしどし考案されるべきだ。図案は松岡先生の手作《ママ》に集めるのであるけれど、便宜上、新聞係に提出してもらってよい」（「帽子の徽章とボタンの図案　募集」）

卒業生なら懐かしいこの徽章。赤、緑、黒は、初等部、中等部、高等部（四・四・四制の時の呼称）と進級に連れて変わり、少し大人になった気分を味わったものだ。この三つの徽章は戦後にできたものらしいが、写真の他の三つが、古い徽章。これを決める時に、生徒のアイディアが募られたのだ。

明星学園の徽章いろいろ　明星学園資料室所蔵

多くの学校では、すでに決まった徽章をつけるのが一般的だろうが、こういうところに明星の自主自立の精神が見える。明星学園資料室（資料整備委員会）の大草美紀さんは、「右の大きな金色の星が、「旧制中学校（男子）の帽章で、これも松岡先生のデザイン」と説明。今でも資料室に保管されているそうだ。

そして、この帽子の徽章と、制服のボタンは同じデザインだったようで、「帽章は、星形のバックの円形は内側が切り抜かれて〝透かし〟になっているが、もともとのデザインは透かし部分もぜんぶ金属だった。ボタンは帽章よりひとまわり小さく、透かしがない。星の五つの先端は丸い外周に収まっていた」と詳しく説明する。

最後は松岡先生が仕上げたというが、生徒が明星らしさを考えてアイディアを出し合ったことは確かなようだ。嬉しさも倍増だったことだろう。

制服のボタンがほしい

制服のボタンを決める時にも、生徒からの希望を募っている。『星雲時代』創刊号の3ページに、「ボタン」というタイトルで、「学園には定まった洋服のボタンがない」「新入生達もボタンのない学校は珍しいなどと云っている」「値は高くてもよいからつくって貰いたい」と書いている。

これは井上二郎という生徒の小さな記事だが、堂々と自分の希望を伝えている。そして、これを受けて、次号では「創刊号の井上君の言葉により我学園の洋服のボタンが制定される由。只今松岡先生考案中とのこと。期待を乞う」という記事があり（2号、3ページ。「学園雑報」1ボタン）、その後、「みんなふるって応募せよー」として、帽子の徽章とボタンの図案を募集という記事（『星雲時代』5号）が載っている。

そして、「待望のボタンが出来たゾ！」という嬉しい記事が8号（3ページ。1933年4月22日）に出ている。

男子と女子学生が一緒に写るめずらしい集合写真　後列右から３番目が内野。赤井、上田と続く　明星学園資料室所蔵

「皆の希望で図案を募集していたボタンが、いよいよ近く出来てくることになった。図案の応募は久保田文明、恩地邦夫、川井寛、加藤誠之助等の諸君の応募作に見る（以下判読不可）のだが、決定的な傑作（以下判読不可）頼して（判読不可）鋳造されることになったのだ。松岡先生も今度おやめになったので、之は図らずも先生の僕達への置土産となったわけである。早く先生の考案になるボタンを胸に光らせたいものだ」

久保田君、恩地君と具体的に名前を挙げて、生徒が果敢に挑戦していたことがわかる。傑作はなかったが、松岡先生が仕上げたことになった。

写真には徽章やボタンをつけた生徒が写っている。まず、前列に座る中学生の帽子の中央には徽章が大きく写っている。制服のボタンは、この帽章と同じデザインだが、小さすぎて見えないのは残念だ。なお、この写真は、男子中学生と女学生が一緒に写る貴重な写真だそうで、後列左から6番目以降、上田、赤井、内野が並んでいる。ちなみに、明星は男女共学をめざしたが実現できなかったようだ（上田の証言あり）。

初代徽章の意味

明星の初代徽章は、現在、資料室に飾ってある。真ん中の赤い星マークに円の徽章は、明星最初の校章だそうだ。「周囲の銀の円は宇宙を象徴し、星は理想を、赤は人間の至情を意味する」と大草さんは説明した。

〝至情〟は、人間の〝まごころ〟の意味で、この上なく深い心。「至情を捧げる」「至情あふれる行為」のように、自然な人情とも説明される。善悪で言えば、善なる情だろう。人間の中に渦巻く嘘や欲望ではなく、純粋な真心。創立者たちは、その理念を徽章のど真ん中に据えたのだ。

現在の徽章については、「太平洋戦争が終わり新制中学校・高等学校が始まってから、美術の横川武先生がデザイン。明星学園の『明』の字を崩したデザインです」と説明。また、写真に写る横長の徽章は、１９３２（昭和７）年に美術教師の岩瀬富士雄（１９３１─１９５３、美術）が、生徒のデザインを基に製作したブローチで、戦後の新制学校が始まってから、しばらくの間、中学と高校で使われていたそうだ。

明星学園の校歌

明星学園行進曲は、明星の父母でもあった北原白秋が作詞している。白秋の息子、隆太郎（7回生）は内野の教え子で、『星雲時代』にも書いている。白秋は明星の教育理念に共感していた。

何となく名誉あるこの行進曲とは別に、実は、赤井がつくった学園の歌があったらしい。そして、この校歌をめぐって、生徒にアイディアを募集していたらしく、二人の生徒の案が『星雲時代』に載っている。その時の、この案についての、ある生徒の意見がふるっている。

「どこかの校歌と似通っている。こんなのばかり書いていると文章が進歩しないだろう。もっと思った（判読不可）を文章にする様にした方がいいんぢゃないですか」（6号4頁）

この文章は、『星雲時代』の5号に校歌の案が載り、その案をみた生徒が挙げた意見である。確かに生徒が言うように、校歌はどこも似通っている。彼はどこかのマネではなく、自分たちらしい校歌を求める。個性のある、明星らしい校歌を。自分の意見を堂々と言う彼もまた、すでに明星生らしい。

明星では自分の頭で考え、自分の意見を言うことが大事にされた。人のマネではなく、自分の頭で考えること。この生徒にはそれが入っている。残念なことに、この校歌は今は残っていないとのことだ。

始業、終了のチャイムなし

『星雲時代』からは、当時の学園の決まりなども垣間見える。当時、授業の始まりと終わりにチャイムを鳴らさなかったようだ。授業時間も45分、50分と杓子定規に決めなかった。それは次の文章からわかる。

「授業の始まり」「内野先生式。窓から首を出して『オーイ、はじまるぞー』。伊藤先生式。教室の後に立って教室の様子を見る。それから始める」（創刊号2頁、「学校の隅から」）

授業の始まりに、内野と伊藤（至郎）が、どうしていたか、生徒の観察は面白い。内野は、教室の窓から首を出して生徒を呼んだとある。先生の声がチャイム代わりだったとは――。伊藤は、黒板の前でなく後ろに立って、生徒が着席して落ち着くのを待ってから授業を始めていた。

最初私は、チャイムが鳴っても集まらない生徒に向って教師が手をやいてそうしたのかと思ったが、そうではなく、始業と終業の合図がなかったために教師が工夫していたのだと知った。別のところで内野はこう書いている。

「元来、小学部では一応時間割は設定されてはいるが、学課の遂行、生徒の学習状況、心身の疲労等々に依って時間は随時変更されたり、又授業時間は或いは長く或いは短く、他の小学校に見る様に画一的ではない。四十分なり五十分なりの授業を杓子定規に分割するより、教育的内容を規準にして授業を押進めて行く事になっている。此れは公立の小学校と著しく異なる点で、真実の教育をやって行き度いと云う念願に出発している」(8号2頁、「超過に就て」)

つまり、明星では、時間割は一応ある、という程度で、時間に合わせて進めるわけではなかった。時間を決めるのは、教育内容や生徒の理解度などで、これは明星の小学校で行われていたが、中学もこの教育精神を引き継いでいる、と内野は続けて説明している。

生徒に合わせて進めていくのが授業の基本で、始業も終了もチャイムを鳴らさないのは、生徒の個別性や自主性を尊重してのことだ。内野は教室から声をかけて生徒の気持ちを引きつけ、伊藤は生徒がやる気になるのを待ってから授業を始めた。これは、赤井が求めたヘレン・パーカーストの教育理念であり、新教育の実践と言えるだろう。

ところが、である。そううまくはいかない。悪童たちは、なかなか教室に入らないし、早く授業を切り上げろ、という感じなのだ。つまり、生徒は、授業を延ばすと、超過だ! 超過だ! と言って文句を言い出すという。

そこで書いたのが、この内野の「超過」という文章だった。内野は、授業時間はあらかじめ決めるものではなく、生徒の習熟度や疲労度など、もろもろの生徒の様子を基準に進めていくものだと説明する。

内野は、〝真実の教育をやっていきたい〟からだと書く。真実の教育とは、生徒を主体とする明星教育の理念そのものだが、実際には、なかなか理解されないのだ。ちょっとでも授業が長引くと〝超過〟といって文句を言う。しかし、内野は生徒の学習状況、心身の疲労等々に依って授業時間は決まると説明する。個別対応であり、個性の尊重なのだ。内野はそれを生徒に求めたのである。

野外授業

明星の面白いところは、校舎を飛び出して野外で行う授業だ。第1回生の加藤誠之助は、1928（昭和3）年4月の入学当時を回想している。

「僕等が一年生なりし時の生活を展望しよう。十一日から楽しい日は続いた。午前中は教室で勉強し午後は校庭に出て鍬を持って僕等（判読不可）運働道を作った。当時は大概畑であった。学校の垣となる木も植え、ダリヤも植えた。土を運びテニスコートをつくった。又上田先生等と皆はだしとなり畑を作り、肥料をやり種をまいた。さつまいも等はよく出来、上田先生がそれを焼き僕等に食べさして来れた事もある」（5号〈1933年1月20日発行〉2頁、「中学をめぐりて（2）」）。

午前中は教室で勉強し、午後は鍬を持って校庭に出たとある。森に囲まれた牟礼の地は、ほぼ畑や樹木が生い茂り、学校の校庭も畑に等しいものだったようだ。生徒と教師は一緒になって畑で汗を流した。

また、草原で授業をするのは、内野が始めたことだったと続けている。

「三学期になって内野先生が就任され漢文を始めて習らった。お天気のよい日は椅子を草原に持ち出し車座になって講義をするのは先生が始めたことで、僕等はのんびりした気持ちで講義を聞いた。これが今にも及んでるのである。この一ケ年間の生活は実に美（?）しい他校では見られぬ生活であった」

玉川上水での野外授業　写真（上）の右が内野。写真（下）の寝転がるのは上田　明星学園資料室所蔵

三学期になって内野が就任したとあるが、内野が勤めたのは昭和4年の1月だったので、三学期に当たっている。その新米の内野が、外で講義をするのを始めたというのだ。もしそうなら、新任でありながら、早速、革新的な試みをしたとは内野らしい。また、こうした教師のチャレンジを認めるのも明星の寛容さだったと思う。

写真は、校舎（現高校）の近くを流れる玉川上水に集まる生徒の様子で、内野と上田の姿が見える。当時の玉川上水は「人喰い川」と呼ばれ、急流でよく死体があがったらしく、ちょっと怖いところでもあった。

写真の、草むらで寝転ぶ人は上田。ああ、気持ちいい、とちょっと一休みか。先生だって屋外は気持ちがいい。

こうして、教室を飛び出し、野外に出て、授業をやり、特に写生には力を入れていた。野外で自然に触れ、観察し、自分の視点で描く力を養ったのだろう。

運動会は学園のハイライト

学園行事の花形といえば運動会。資料室には写真も多く残されている。『星雲時代』にも運動会の様子はたくさん書かれている。先生も父母も生徒も一緒にやるのが明星スタイル。先の加藤は「運動会雑感」と題して、次のように書いている。

「十月二十三日、寒い秋空には低く黒雲が漂っていた。午前九時、軽かなピアノの音につれてラヂオ体操は始められ、それに続いて明星ッ子の元気に満ちた競技に、黒雲も次第にうすらいで、十時半には見事、明星の意気は天を突き太陽の笑顔が雲を破って武蔵野の一角の運動場に向けられた」（『星雲時代』創刊号）

運動会の幕開けを描写する加藤の文章は詩的で表現力豊かだ。そして、続けてこう書いている。

「僕は最近二、三の他校の運動会を見た。併しながら明星の運動会に比べて、はるかに劣っていると思った。何故なら見ていて一向に面白いと感じないし、又面白く感じても、どこか間の抜けた様に感ずる。生徒・先生・運動会、この三つの間に融合が少ないからではなかろうか。

明星の運動会を見よ！　武蔵野の一角、森やすすきにかこまれて素朴な運動場がある。生徒の手になる万国旗はひらめき、ラインの色も白く清い感がある。女学部・小学部・中学部それに諸先生・父兄との間の麗わしき和合、役員の真面目なる働き振り、元気一杯の競技。そこには華やかな色彩はないが一つ々々が純である」

運動会で必死に走る先生　明星学園資料室所蔵

他校の運動会と比較しているが、明星には、公立学校から転校してきた生徒もいたようなので、その違いに気づけたのだろう。加藤が挙げているのは、〝面白さ〟と、それが生徒と先生、父母が一緒につくりあげる楽しさだ。確かに写真ではリレーだろうか、懸命に走っている先生の姿が写っている。そして、父母が応援。ハイライトはお弁当タイム。母親や兄妹とグランドの茂みに座ってお弁当を広げたものだ。

加藤は「今度の運動会に於ては新人、倉片君の組織する応援団が出現して大に気勢をそえた」と書いているが、万国旗をつくるなどして、応援団を組織したようだ。自分たちでつくる運動会は楽しい。

さらに面白いのは、運動会で活躍する内野のことだ。加藤は、運動会のための報道班として、新聞部（本文では新聞社）が活躍したと書いている。その音頭をとったのが内野だった。内野は『星雲時代』の号外まで出したのだ。

「新聞は、生徒、先生、父母との唯一の連絡機関であるから、投書は山をなし」たと書き、この新聞部のメンバーは、競技を見る暇もなく、生徒、先生、父母を繋ぐために奔走した。報道班として、運動会を盛り上げる役を買って出た内野は、新聞社の社長とまで呼ばれた。教師内野もまた、大人げないほど夢中になったのだろう。

しかし、運動会が終わると「終了後、あちこちに新聞の落ちているのを見た」と加藤は書いている。地面に落ちて散らばる新聞の残骸。運動会が終わり、人に踏んづけられた新聞紙は悲しい。しかし、新聞はその役割を果たした。

生徒も内野も燃え尽きた。祭りの後の寂しさを内野も味わったかもしれないほどに。

14. 明星学園はなぜ誕生したのか

第1回卒業生の誕生と進路

1933（昭和8）年に、ようやく中学校では第1回の卒業生を送り出している。初の卒業生はたったの18名だったが、3月に盛大な卒業式を執り行っている。『星雲時代』の第7号（1933年3月6日）は、〝卒業生送別〟という特集を組んでいる。初の卒業生を出したことは、学園挙げての記念すべき出来事だったようだ。

内野は、1回生よりも少し遅れて就職したので、生徒の方が先輩という生徒もいた。第1回目の卒業生は、内野の思い出を『星雲時代』（7号8頁）にこう書いている。

「先生と僕達とは授業中も休時間中も最も親しくして来た。全く先生と生徒の区別なしに楽しく生活して来た。星雲時代の社長として又運動会新聞社の社長として、我等の社長は殊更に親しみが深かったのだ。先生をいつまでも若く白髪を一本も生やさぬ様にしよう」（一卒業生）

本当に、いじましい生徒の気持ちが滲む。

そして、『星雲時代』（8号）には、この1回生が卒業後どこに進学したかが載っている。18名の卒業生のうち14名の記録があるが、なかなかの進学先だ。

武蔵高校（文科）　藤田正典
慶大予科（経済）　濱村勝太郎
慶大予科（経済）　梅田豊彦
慶大予科（文科）　松平昌光
東京美術学校（図案科）　横川武
物理学校　河田陽三郎
早稲田第一高等学院（商科）　志垣乾郎
早稲田第一高等学院（商科）　加藤龍太郎
成城高校・弘前高校（文科）　大津光
帝国美術学校（師範科）　加藤誠之助
帝国美術学校（洋画家）　江川信
立大予科　大津英男
東京高等音楽学院（国立）　末綱卓一　※のち、明星学園旧制中学の音楽教師（1932〜1942）

東京高等工芸学校木材工芸科　末岡東一

明星は試験や受験を教育の目的にしていないが、それにしてもおりこうさんたちが揃っている。また、家庭環境も恵まれていたのも特徴で、この草創期の生徒は、赤井先生の関係で、大正自由教育に関わった父母の子弟が一定数いたのも特徴だ。

例えば、この中の一人、志垣乾郎は早稲田第一高等学院（商科）に進級したとあるが、父は志垣寛。「児童の村小学校」や「生活綴方教育」に関わった、大正自由教育の実践者として著名である。父親が著名という点では、先に述べた北原隆太郎（7回生）の父は詩人の北原白秋。恩地邦夫（5回生）は、版画家の恩地孝四郎の息子で、兄妹3人とも明星で学んだ。ちなみに、内野は恩地孝四郎と朝鮮時代に接点をもっていた。

富永三郎（3回生）は、後に著名な音楽家になるが、三兄弟のうち、長兄は、夭折の天才詩人、富永太郎、次兄は美術評論家の富永次郎。三郎は、『星雲時代』に中学生とは思えない専門的な音楽評論をたくさん書いている。新聞に箔をつけたという風だ。

5回生の下中達郎は、下中弥三郎の長男。下中弥三郎は、平凡社の創業者だが、もともとは教育者で、労働運動や農民運動の指導者でもあった。1919年（大正8）年に日本教員組合啓明会を結成し、学習権、教育委員会制度、教員組合結成などを促進して、日本の教員組合の基礎をつくった人物と伝えられている。

絵を前に写る内野と生徒　内野と腕を組んでいる　明星学園資料室所蔵

平凡社は後に、四男が社長職を継いでいる（昭和50年当時）。長男だった下中達郎は『星雲時代』にも記事を書いているが、その後、戦死する。第1回生は、17歳で中学を1934（昭和9）年に卒業したとすると、戦争真っ只中の1944（昭和19）年には27歳。この世代は徴兵されていく世代にあたっていた。赤井は戦後、「送り出した生徒の28名が帰らぬ人となった」と回想している。

当時の生徒像を考えると、比較的裕福な家庭に育ち（当時の入学金や授業料の高さからも推測される）、教養溢れる家庭で育った良家の子どもたちが一定数いたと想像できる。家庭にあっても父母や兄、姉から教えを受けたり、また良書に囲まれて育った。豊かな家庭環境と、自由教育の教えという二つの恩恵の中で育った。そして、生徒は自分の個性を磨き、進路を決めていった。とすれば、これは世間一般から見るとかなり恵まれていたことになるだろう。

教育の改革者たち――赤井米吉

教育学者の中野光は、明星の創立50周年の時に、高校に呼ばれて生徒の前で明星学園の歴史を話したという。中野は赤井の生前から彼を取材して『教育改革者の群像』を書いている。生徒たちは中野の話しに惹き込まれ、赤井の教育者魂に魅力されたようだ。赤井は、大正期の教育改革者の一人である。中野はこの改革者として、及川平治、西村伊作、北原白秋、下中弥三郎、赤井米吉、志垣寛、桜井祐男、手塚岸衛の8人を挙げている。このうち、北原白秋、下中、赤井、志垣の4名は明星学園に関わっている。

この8人の先駆者が澤柳政太郎。成城小学校（現成城学園）をつくった人物で、中野は「教育の根本精神を遺れて形式化せんとする弊害」が教育界にあり、公教育発足以来、半世紀のあいだにできてしまった「因襲固定の殻」を打ち破ったと澤柳を評価している。赤井は澤柳のもとで、この大正自由教育を実践したことになる。

赤井の公教育への反発

創設者の赤井は、三鷹市牟礼の麦畑の小高い地点に、〝1本の標木〟を建てた。標木には「明星学園建設地」と書いてあった。これが、明星学園の始まりの瞬間。周囲は霜柱で膨れ上がる麦畑だった。1924年3月16日のこと。同じ教育方針をもつ仲間4人が大きな理想に燃えていた。

赤井は、公立小学校の教師を転々とした後、澤柳の成城小学校に赴任する。その時、大正自由教育を実践し、澤柳の勧めでヘレン・パーカーストの教育を知る。早速その本の翻訳を柳澤に勧められ、英語の得意だった赤井はとりかかった。そして出版すると、なんとこの本はベストセラーになった。赤井は一躍、ヘレン・パーカーストの翻訳者として名を馳せた。しかし赤井は、ベストセラー本の印税をすべて明星学園の創立のために使った。身銭を切ってでも、明星学園は創立したいという思いは強かった。

中野は赤井の日記を挙げて、「天下、学校実に多い。その中へ我々の学園が出現したのは何の為であったたか。文部省の定めるところのものを克明に実現しようとしてならば何もこう苦しんでこの学園を建てる必要はなかった。実に新しい時代が要求する教育を実現せんが為であった」と紹介している。

赤井は、文部省の定める国定教科書は、児童の学習教材として最上のものであるとは認められないと批判している。赤井の狙いは、国定教科書批判から始まった、と言っても過言ではない。では、何が必要だというのだろう。それは「新しい時代が要求する教育」である。新しい時代とは、個を尊重する大正デモクラシーの時代。赤井は「教育に於て何より大切なのは、児童を見ることである」と書いている。つまり、児童という〝個〟の尊重であり、赤井流の〝児童の発見〟の宣言である。

大正デモクラシーは、第一次大戦後の戦争景気で世の中がうるおい、新しい中間層が誕生するなど、それまでと異なる自由思想が生まれる。しかし、1923（大正12）年9月に関東大震災が起きると、世の中は再び大きく変化する。そのため、ほんの一時の自由な時代とも位置づけられている。

実は、明星学園は、1924（大正13）年創立なので、その境目で誕生している。明星は「大正デモクラシーのたそがれ時に創立した」と中野も書いている。また、世界の思想に触れたのもこの時代の特徴で、教育では、ジャン＝ジャック・ルソーの「子どもの発見」が画期的な思想だった。他にはジョン・デューイ、エレン・ケイ、ヨハン・ハインリヒ・ペスタロッチらが代表で、赤井が翻訳したヘレン・パーカストもその一人。彼らに共通していた理念は、一言で言えば「児童の個性尊重」である。それまでは、子どもは「小さな大人」と考えられ、できる限り早い段階から、社会の価値観を教え込むべき存在だと考えられていた。

社会の価値観を教え込まれたら子どもはどうなるのか。当時の教育は、教育勅語を基本としていたのだから、国民の上位に天皇が位置づき、天皇、国家、父母への忠孝心が子どもに求められた。

殖産興業や富国強兵のもと、立身出世がめざす姿となる。教育は社会の価値観通りの人間をつくり出すことになる。

これに異を唱えたのが、この教育の〝改革者たち〟だった。子どもはもともと未成熟であり、やがて新しい大人に成長する。それにはどういうことが児童に必要なのか。そういう教育上の議論が起きたのがこの時代だった。日本では、児童のための児童文学が盛んになり、文学雑誌も創刊され始めた。有名な『赤い鳥』はその代表である。

赤井が言った「教育に於て何より大切なのは、児童を見ることである」とは、そうした児童の発見に基づき、新しい児童に対する教育方法の模索であったと言える。特に赤井は、「教材のつくりなおしにこそ教師がふみ込んでいくべきだ」と書いているが、一人ひとりの児童をより良く育てようと思えば、工夫が必要になる。しかし、当時の教育界では教材論は起きていなかったと赤井は憤り、「浅薄で怠惰である」と強く批判している。

教科書は〝政府が定めた基準〟ではなく、〝児童を見て〟そこからでてきた研究（教材）を基準にするべきだと言うのが赤井の主張である。赤井は、公教育の行き詰まりを「教師が児童を離れる為である」と批判している。「教室に於て、運動場に於て、一層児童に親しまれんことを切に希望する。授業だけで、あとは職員室に閉じこもる様なことは絶対にさけなければならぬ」と書き、具体的な教育現場の様子も挙げている。

明星の教育を振り返ると、この赤井の理念に思い及ぶ。教材研究に熱心だった先生の姿や、生徒と教師の距離は近く、課外授業を重視している意味も理解できる。これを内野の活動に置き換えると、『星雲時代』そのものは授業以外の課題活動であり、運動会での生徒との関わりなど「一層児童に親し」んだ内野の姿と重なる。内野はあまりにも明星的だったとも言える。

赤井は、文部省のものに囚われず、「常に研究的態度をもって教材に、教法に研究をおこたらぬ様でなければならぬ」と説く。児童を中心に置く「教材開発」が最も大切だと考えていた。この考え方は後にオリジナルな明星の教材の数々ができたことに繋がっていく。

公立学校でも国定教科書に疑問をもつ教師はいただろう。歴代の天皇の名前を暗記したり、明治天皇が国民に語りかける、全文315文字の教育勅語を暗唱させられた。しかも、法律で義務づけられていた。そうした中に、児童を中心に据えた明星の教育を置くと、先進性が際立つと同時に、困難な実践だったことがわかる。ある意味、国家への闘いの中で、個性尊重、自主自立、自由平等が勝ち取られていったと言えるのである。

全国の「教育第一」運動

大正自由教育を掲げた学校は、明治、大正期の〝国策的〟な管理主義教育に反発し、生徒一人ひとりを大事にする教育への道を照らした。しかし、明星学園が誕生する背景として、赤井は、あまり言われていないとして、別の理由を挙げている（『赤井・照井両先生生誕百年誌』）。

赤井はその背景を説明し、原内閣時代にあった「教育擁護同盟」を挙げる。大正7年以降、日本の経済が低迷し、政府予算を削減することになった時に、真っ先に教育費が削られ、なんと、三つの学級を二人の教員でみる、という改悪が行われたというのだ。山口県下の小学校をその優良モデル校に指定し、参観人も殺到したという。

ところが、こんな改悪に教育界は一斉に反対して立ち上がった。「教育擁護同盟」という組織が全小学校を一つにして結成され、反対の決議を内閣にぶつけたというのだ。史上まれにみる「すさまじい勢い」で、「これが一般父兄、市民を動かし、その間に教育尊重の気分をおこしたことは大変なものであった」と赤井は書いている。

この勢いにのって、明星は誕生できたと赤井は考えている。国の教育改悪に対して、全国的な反対の機運が高まっていたというのだ。そして、明星はこの流れの中で生まれたと赤井は改めて指摘したのである。教育改革は成城学園や明星のように、恵まれた環境だから実現したわけではなく、大きな機運の中で生まれるべくして生まれた、と言い換えることができるだろう。

大正自由教育の系譜

大正自由教育の流れを汲む学校は、成城学園（東京都世田谷区、創立者、澤柳政太郎）、玉川学園（東京都町田市、創立者、小原國芳）、和光学園（東京都町田市、創立者、成城学園を離れた教師、父母ら）が有名だ。成城学園から分かれたのが、玉川学園、和光学園、明星学園で、中野はこの3校を「3きょうだい」と名づけている。

その他、自由学園（東京都東久留米市。創立者、羽仁もと子ら）は知名度が高い。自由の森学園（埼玉県飯能市。創立者、遠藤豊ら）は、1985年につくられた学校で、創立者の遠藤豊、松井幹夫は元明星の教師である。

大正自由教育の理念でつくられた学校は、今でもほとんどが残り、100周年を迎えている。1世紀を越えて、なお続く教育とは何だろうか。生徒の個性を尊重するこの〝自由〟な教育が支持され、若い教師の手によって実践され続けているからに違いない。

15. 忍び寄る軍靴の音

昭和7年と満州事変

1933（昭和8）年3月に第1回生をめでたく卒業させた明星だったが、内野は、彼らは「荒波の只中に出る」と書いている。

「一九三二年、それは多難多事の年であった。不景気の烈風は世界を吹きまくり、騒然たる満洲事変を背景として、今や日本の神経は極度に緊張して、非常時・国難等々の叫びが、嵐のように沸起る中に年を送りまた年を迎えようとしている」（『星雲時代』（3号、1932年12月21日）

不景気と満州事変を背景に、世には暗雲が立ち込めていた。しかし、内野はこの重苦しい時代に『星雲時代』をつくったのである。新聞の3号を見ると、独立の臨海生活、剣道部の新設、諸処の見学、レコードコンサートの開催等を満載した年だったとしながら、最初の野外教練が始まったとある。戦争体制が中学校にも及んできたのである。

満州事変が勃発すると、日本軍はさらに中国へ攻撃を続け、ついに錦州（現在の中華人民共和国遼寧省）にまで侵攻する。そして、その時、戦勝を祝す号外が街々に配布された。その様子をある生徒はこう書いている。

「『昭和七年を省みる』

ジャンジャンジャン号外々々！けたたましく正月の門松の前を駈け行く号外屋。それは一月皇軍錦州入城の喜びの便りで有る。僕達は正月で楽しんで居る時此の知らせを聞いては緊張せざるを得なかった」（『星雲時代』5号、1933年1月20日発行）

「一月皇軍、錦州入城」は、1932（昭和7）年1月3日、日本軍が中国の錦州市を攻撃し陥落させたことを指している。この記事を書いたのは、武者宗一郎（2回生）。正月の三が日、平和なお正月の茶の間に、戦勝を叫ぶ号外の声がけたたましく響いた。当然、武者家は緊張した。それにしても、国民が一つの方向を向く正月のタイミングを狙って号外を出すとは巧妙である。新聞社は無反省に戦勝を讃美。しかし、武者君はそれを冷静に分析してこう書いている。

「一月二十二日肉弾三勇士は新聞の一面記事を華々しく飾った。見よ！　此の大和魂！　三人の写真は堂々挙げられ、どの面も溢れるばかりで有った。新聞ばかりでは無い。雑誌と云う雑誌、芝居活動に迄おさめられ其の讃美の歌は募集されレコードに吹き込まれ、遺族に送る同情金は久しく続き、此れを後世に伝える、あらゆる手段を尽くした。（中略）」

「肉弾三勇士」とは、1932（昭和7）年の第一次上海事変で、敵の陣地を自爆して突破し、突撃路を開いた英雄として祭り上げられた三人の兵士のことである（上海事変はこの年の1月末に勃発しているので、1月22日の新聞記事という武者君の記述は間違いだと思われる）。

武者は、「見よ！　此の大和魂！　三人の写真は堂々挙げられ」、と一面を華々しく飾ったと書いている。さらに、どの面も溢れるばかりで、どのページを広げてもこの特集だらけだった。さらに、この話は芝居や歌に広がり、讃美の歌がレコードにもなった。武者はこれを「後世に伝える、あらゆる手段を尽くした」と書いている。

実際、この話は当時の人気漫画『のらくろ』（田河水泡作）にも登場し、映画にもなった。そればかりでなく、三勇士もののグッズが流行り、グリコのおまけにもなった。小中学校の運動会競技になり、「肉弾三勇士ごっこ」まで流行ったという。グリコのおまけは、キャラメルにおまけをつけて顧客の購買意欲を高めるマーケティング手法だったが、三勇士のおまけをつけることで戦意高揚に加担したのだ。また、この美談は国定教科書（第5期）にも採用され、軍事教材の一つにもなっていった。

当時は雑誌が流行り出した時期で、『キング』や『少年倶楽部』などが少年の心を捉えた。大日本雄弁会講談社（現在の講談社）が発行し、前者は初めて100万部を突破したというからすごい。少年向けに人気を博したのは『少年倶楽部』で、これに連載していたのが『のらくろ』。その中に、三勇士が登場したというのだから、その影響力は絶大だった。要するに、国家、メディア、商品が結びつき、軍国少年を生む仕掛けが出来上がった時期だった。

彼らは「軍国少年」と呼ばれ、戦争に疑いをもたず、むしろ憧れや使命感すらもった。意図せずとも、読物などを通して無意識に刷り込まれた世代。まわりの大人も友だちも、近所の人々もみんな真似する、軽佻浮薄な文化が生まれたのだ。

報道を批判する眼

武者の文章は、批判こそ加えていないが、事実を客観的に記し、冷静さが感じ取れる。少なくとも、一緒に興奮して、乗っかっている風ではない。実は、この一連の報道を冷静に見ていたもう一人の生徒がいた。藤田正典（1回生）は『星雲時代』（4号、1933年1月1日）に「新聞」と題してこう書いている。少し長いがそのまま引用する。

「この間僕は或る新聞で、現今の新聞批判を読んだ。其の内容を一口で言えば現今の新聞は皆扇動的で有るということを云って居た。僕は此の一年間新聞をよりよく読んだためか実にその様に感じた。特に満洲事変勃発後は新聞の報道は大げさすぎる様に感じた。（中略）

今まで約一年間絶えず新聞紙上に現われて、世間の関心を買ったのは何んと云っても、満洲事変と北海道東北地方の凶作とであった。この二つにも新聞は余り露骨に煽情する所があった様だ。例の廟江鎮の爆弾三勇士の如きは日露戦役中は枚挙することが出来ない程多数であったそうだ。又例の三勇士は爆発に失敗して戦死したので、成功した人は現に帰って来ている。その事実に反し新聞紙は唯此の三勇士の死に依って鉄条網が破壊されたと報道し社より遺族にお金をやったり東京見物をさせたりした。そうして人心を煽動して居る。その紙の後には軍部がアジって居ることは確かであらう。（後略）」

新聞が唯、煽情的になっていく様を捉え、最後に「僕は新聞はその本務に帰ることを切望する」と結んでいる。本務とは正しいことを伝えるという新聞本来の使命のことで、中学生でもウソを見抜く力が備わっているのだ。新聞紙面に見られる戦争への〝熱狂〟を、藤田はこれに与せず、冷静に判断している目をもっていた。

彼は、満州事変の報道のおかしさを「肉弾三勇士」を例に説明し、「新聞紙は唯此の三勇士の死に依って鉄条網が破壊されたと報道」しているが、実は「三勇士は爆発に失敗して戦死した」と見抜いている。

『創られた戦争美談――肉弾三勇士と戦争美談』（増子保志）によると、当時からこの美談を疑問視する記事が報じられていたという。三人が死亡したのは、一つは技術的不備を原因とした事故による爆死という説で、最も多かったという。また、もう一つは、その死に際して「帝国万歳」「天皇陛下万歳」と叫んで果てたという美談になっているが、これに対する疑問が存在したということ。詳細は省くが、肉弾三勇士は捏造された伝説で、藤田は「事実に反し新聞紙は唯此の三勇士の死に依って鉄条網が破壊されたと報道」しているだけで、三勇士を英雄視する、その祭り上げ方の

〝虚〟を見抜いたことになる。

繰り返すが、「肉弾三勇士」は、自ら爆弾を抱えて要塞を爆破したのでもなく、三人の爆破で突破口が開かれたわけでもない。まして、天皇陛下万歳と言って死んでいったわけではなかった。「天皇陛下万歳」については、当初は、新聞報道にはもともとなく、現場の兵士や将校も誰一人として証言していなかったということも判明しているそうだ。

要するに「肉弾三勇士」に出てくる兵士は、自ら進んでお国のために身を捧げたという事実はなかったし、天皇陛下万歳、と言って死んだ事実はなかった。それを、国は「肉弾三勇士」は、天皇陛下やお国のために身を捧げる英雄の〝美談〟として捏造したのだ。それは国民に〝大和魂〟〝忠君愛国〟〝滅私奉公〟の精神を刷り込むためだった。この精神は「神風特攻隊」にも繋がっていく。つくられた神話が、さも事実のように独り歩きする。美談の裏には戦場の悲劇があるのに、大本営発表とそれに追随する新聞報道は、真実を報じず、戦争を美化した。その責任は極めて大きい。

しかし、藤田のように、事実を正視する生徒もいたのである。『星雲時代』は、真実を見る眼を塞ぐことをせず、むしろ自分が思うことを自由に書かせた。たとえ軍事教練であっても自分の言葉で書くことを勧めた。その結果、事実にたどり着いているのだろう。

軍事教練の体験談

藤田の記事からは、時代に流されず真実を見据える視線が感じ取れる。こうした洞察の効いた、正直な書きぶりは他にも散見されるが、それにしても『星雲時代』には、教練の話題がなんと多いことか。「査閲」という訓練の評価についての記事も多い。教練は、1925（昭和元）年に全国の中等学校以上で始まり、学校には陸軍将校が配属された。そして、教練は正式な授業科目となり、私立だった明星学園は少し遅れて導入したようだ。1932（昭和7）年は、『星雲時代』が発行された年で、記事を募集する編集後記（おそらく内野の文章）には、教練についても書こう、という記事が見える。教練開始のタイミングと重なり、生徒の関心はもちろん高かったのだ。

「初めて持つ鉄砲」と題する福中章二（3回生）の文章や、1932年の思い出として、「軽井沢野営演習」のことを書いた五十嵐重煕（2回生）の長い文章が目を惹く。

「軽井沢野営演習」は、軽井沢にあった明星の寮に泊まり込み、そこで行われた野営訓練を指すが、その合宿の様子が面白い。五十嵐は、「初めて射った鉄砲の話でもちきりだった。僕はほんとうに羨ましかった」と書いている。「戦闘が開始され、闇を突いて銃口から青白い火の出るのを見た」五十嵐は、何かの事情で参加できなかったのだろうが、彼は、仲間が鉄砲を射ったことを羨ましいと書いている。

初めて鉄砲を射った経験を興奮して話す中学生たちの姿が目に浮かぶ。しかし、参加できなかった彼は、鉄砲を撃ちたいというよりも、これは想像だが、仲間と同じことをしたかった、という少年心だったのだろう。こうした生徒たちの感想文には、教練を体験する実感が本人の口から素直に表現されている。内野も教師たちも、もはや教練も軍事化も止めることはできない。男子たるもの鉄砲は怖い、嫌だとも口に出せない。せめて率直な思いを生徒に書くように許すしかなかった。

しかし、これを書いた五十嵐は、１９４０（昭和20）年7月25日、敗戦の1か月足らず前に、28歳の若さで戦死する。鉄砲は死に至らしめる道具であり、教練はその訓練である。どうして止められなかったのか。戦死した生徒を前に、教師たちは悔やんだに違いない。

配属将校のこと

教練に伴い、全国の中等学校以上の学校には、配属将校がいた。配属将校は、旧日本陸軍の現役将校で、主に軍事教練を担当した。軍服を着ていたというから近寄りがたい存在だろう。

『星雲時代』のある記事では、昼頃に教練が終わり、教室でお弁当を広げる場面が書かれている。お弁当の匂いまで伝わりそうだが、この楽しいお昼の時間に配属将校の瀬川が入ってきて、行軍（教練）の予定を告げている。そして、テニスをしているはずの北原が、教室にいたことがわかり、一同大笑い。将校もニガ笑いするというほのぼのとしたエピソードを伝えている。怖いで知られる将校の前でも「大笑い」というところは、どこか明星らしい。

瀬川孫兵衛は、1931（昭和6）年から2年間明星に在職していた。瀬川については、上田も書いている。上田は、1927（昭和2）年から亡くなる1974（昭和49）年までの39年間、日記をつけていたが、その日記（「上田八一郎先生誕生百年誌」に所収）によると、昭和5年8月2日「配属将校申請」「昭和六年五月二十日瀬川孫兵衛大尉来ル」（初代の配属将校、人柄円満な方で、関係の無い小学生にも人気があった）と書いている。同本の中で、卒業生の角舘喜和（4回生）は、1932（昭和7）年4月、「軍事教練が果たされ、配属将校が始業式に現われ」、その時の上田が「いくらか憂うつで、緊張しておられた」と書いている。

しかし、上田は将校をも味方につけたと、学内では伝説になっていたらしい。藤田早苗（5回生）は上田について「学園教育を目の仇に赴任したハリキリ配属将校を学園教育のよき理解者とハチ公先生信奉者に変身させる人柄と魅力」があったと回想している。上田の魅力で将校を明星の理解者に変えたというのだ。

この頃は、まだ配属将校との繋がりも緩やかだったかもしれない。配属軍人も「明星に来ると時には、どうも精神がなごやかすぎて困る」と言っていたそうだ（『90年誌』による）。明星らしい雰囲気に強面の軍人も和んだのかもしれない。しかし上田は、1936（昭和11）年2月14日の日記で「学校教練が軍事教練となる傾向あり」と危機感をつのらせている。教練も次第に実戦の準備と化していったのだ。

「仲よしの三人」と修身の授業をする教師　『星雲時代』11号　明星学園資料室所蔵

修身の時間

学校には修身という道徳の時間があったが、その授業を書いたマンガつきの次の記事はユーモラスで面白い。

「『仲よしの三人』

ある所にデブ君、ホソ君、チビ君という仲よしの三人の少年がおりました。彼等は毎日楽しく学校に行くのであります。スタコラ、スタコラ……

彼氏達三人は学校についた一時間の修身の時は、先生氏、戦の事ばかり　アーン、日本帝国チューもんは一度も負けた事がない、アーン、それは皆日本魂があるのである、アーン（以下判読不可）」（11号、

１９３３年７月20日発行）。

仲よし三人組の生徒が〃修身〃という道徳教育を受けている場面。「アーン」は教師の語り癖で、いいかよく聞けよ、というような前置き。軍国主義的な教師が両手を振りかざして日本の強さをアピールしているが、〃大和魂〃を鼓吹する教師がどこか戯画化されている。

修身は、明治以来、学課として位置づけられ、第二次世界大戦後、ＧＨＱによって、軍国主義教育とみなされて廃止された。明星では開設当初、修身の時間を特に設けることはしなかった（『90年誌』）。しかし、この記事を見れば、中学校では修身の時間があったことがわかる。確かに軍国主義的な匂いのする授業である。戯画化する生徒は、それに積極的に反対するというよりは、ちゃかして見せている。

子どもは本来、大人の型から外れたり、外したりするものだし、そういうエネルギーをもっている。その結果、思わぬ創造物ができたりする。この閉塞した時代にあっても、子どもの自由な姿は救いである。その他、兵隊の凱旋を中央線の駅まで見に行く話などもあり、生徒は彼らなりに戦争を捉えていた。しかし、凱旋を手放しで讃美しているわけではなく、新聞が報じるようなお決まりの戦争謳歌のフレーズでもない。ちょっと立ち止まって、眼の前に起きていることを自分の言葉で考えている。

『星雲時代』は、親でも先生でも、世間でも、また報道でもなく、自分で考えて判断する力を育もうとした。その力こそが本当の学力だと内野は考えていたのだろう。

16. 垣間見る内野の教育観

古川の絵

明星学園は、美術に力を入れていた。開設当初の小学校の教科では、国語、美術及び自然科、音楽及び体操、数学となっていて、「学習が常に児童の内からの要求に即すべきである」という理念で教科が選ばれたようだ。確かに野外に出てスケッチする時間がよくあったと記憶している。『星雲時代』の加藤誠之助（1回生）の記事によると、3学期に美術の作品展覧会が開かれ、11月2日から5日間、銀座伊東屋で催したという記述がある。自然の中でテーマを選び、表現する。そして教師は発表の大舞台まで用意していたのだ。

内野は、『星雲時代』の中で生徒の絵を通して、独自の表現論を展開している。自分は黒板の絵が下手だと謙遜しながらこう書いている。

「一枚の小さい絵にでも実によく諸君の性格が出ている。そして其処から諸君の人生にふれたり、社会観を感じたりすることが出来る。僕には下手くそな絵――時々黒板に描いては失笑を買っている通りの――しか描けないのだが、しかし絵を通じてその人の思想感情にぢかに接し得る程うれしいことはない」(『現実を視る眼」――古川の絵を中心として』3号、1932年)
内野は生徒一人ひとりが描いた絵に、それぞれの個性があり、人生観や社会観すら感じられると書く。そして、主に古川の絵を通して論じていく。
古川の絵は、「芸術家独自の空想を豊かに」もっていると高評価する。要はかなり絵が上手いのだろう。しかし、この芸術家という言葉に内野はひっかかる。

芸術派と社会派

内野は、芸術家が「現実からはなれた自己独自の私的世界を形造って、そこに芸術的陶酔を求め」ることを批判する。芸術史的には、芸術派と呼ばれる一群がある。社会の問題を離れて「象牙の塔」に籠り、その例として、夏目漱石が「非人情」と呼んだ詩や絵の世界や、シュール・レアリズム(超現実派。絵では我が国の東郷青児、阿部金剛、古賀春江等)を内野は挙げている。

これに対して、社会派と呼ばれる一群がある。文学潮流では、社会派、民衆詩派と呼ばれる詩人は、民衆の生活を平明な詩語で表現し、民衆の生活を理解し、その生活を詩に詠んだ。代表的な詩人は、内野が尊敬していた白鳥省吾や福田正夫らで、内野はこの社会派文学運動の影響を受けてきた。

その対極にあったのが、芸術派と呼ばれる詩人たちで、詩の芸術性と美学を重視し、内野に言わせると、それは「象牙の塔」に籠り、社会の問題に眼を塞ぐ、芸術至上主義を指している。

さらに内野は、この当時、明星に勤務する傍ら、生徒には内緒でプロレタリア詩人として活動していたのだが、プロレタリア詩運動は、虐げられた労働者（プロレタリア階級）の厳しい現実を描き、1920年代から1930年代前半にかけて沸き起こった文学潮流を指す。彼らは、社会や人々の生活について深く考え、そこからの解放を力強い詩句で詠った。そして、労働者や農民自らが詩作することを指導した点にも特徴がある。内野もたくさんのプロレタリア詩を残し、直接、労働者らとも関わり、誌面には投稿のチャンスをつくっていた。

民衆詩もプロレタリア詩も、象牙の塔を抜け出て、社会の問題に眼を向けていた点で共通している。芸術派について内野は「それらは今日の失業その他でごったがえしている社会からはなれて、象牙の塔に幻の華を咲かせている人々である」「然し社会の多くの人々は飢餓に奔走し悲鳴をあげているのだ。そういふ現実を忘れて描かれた夢というものは、自分をもひっくるめた社会のことを考える人には凡そ縁遠いものである」と書く。

内野が把握する世の中は、失業や飢餓で苦しむ人々のいる世界。そこを忘れたところに描かれた作品に彼は疑問をもつ。そして、古川の絵は「現実をゆがめ、現実の掴むべきものを掴んで来てない」とまで批判している。そして、大事なことは、人が社会の一員であると意識することによって、社会の問題に眼を向け、そこから作品の題材が選ばれるという点だ。その時、選んだ題材は、プロレタリアートや農民とは決まっておらず、自らが選ぶべきものなのだ。「現実の中から社会の人々の最も関心をもつ題材を選択してゆくであろう」と生徒まかせの表現に留めている。最終的な選択権は本人にある。しかし、それは放任とは異なる。

「現実を見る眼を養ふ」――真実の美を捉える

内野は、続けて「現実を見る眼を養ふこと」が重要だと展開していく。それは「現実の中で我々の芸術として表現すべき真実の姿はどんなものであるか」を探ることだと言い換えている。ここで初めて「真実」という言葉が登場する。

内野は古川に、真実について説明していく。まず、芸術が描く世界は「一定不変のものではない」とし、同じ木でも、松、桜、南天で異なり、木が持つ独自の形態、色彩、資質をもっている。また、野の木か、庭の木かによっても違い、天候にも、季節にも、また風の具合でも異なる。そうした違いにより、表現はさらに磨かれる。決して安易な観察眼からは描き切ることはできないと説明する。そして内野は「厳然と紛わぬ真実の美を捉えるようになって貫いたいと祈らざるを得ない」と、究極の目的は「真実の美」を求めることだと結論付ける。

「厳然と」したは、動かしがたい岩のように、という意味で、「紛はぬ真実の美」とは、混乱や誤解のない真実の美。絶えず変化する現実を捉え、そこから間違いの無い真実を捉えるのだ。内野は、「祈らざるを得ない」ほどにそれを強く願う。

真実とは、真実の美しさとは何だろう。それはもしかすると見えない、形而上の世界かもしれない。しかし、〝真実は紛れることなく明確であること〟、そして〝真実は美しい〟ということである。偽善に満ちた世の中に真実はないし、美もない。真実は、ただひたすら求めるものの中にある。だからこそ、内野は「祈らざるを得ない」と悲願するしかなかったのだが。

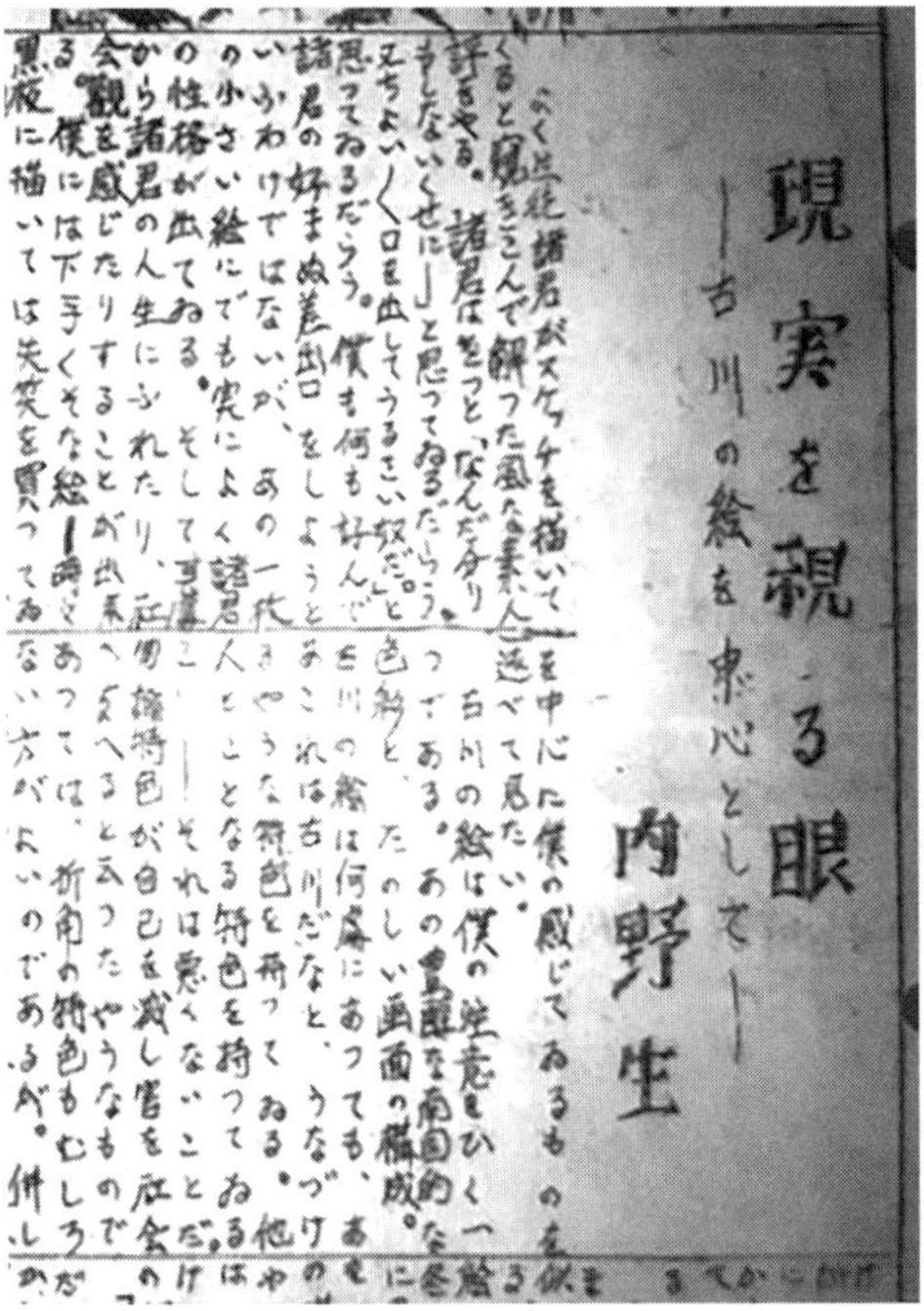
現実を視る眼
―古川の絵を中心として―
内野生

「現実を視る眼」　内野の記事　『星雲時代』３号　明星学園資料室所蔵

芸術論から人生論へ

さらに内野は、この問題を絵だけのことに留めず、人生全体に及ぼして、こう書いている。

「この現象の正しい姿を掴むことは又単に絵だけの問題でなく、広く芸術、科学、人生全体に必要なことなのである。そして又それは単に古川一人に向って云わるべきことではなく、古川という特殊な人に言う形を借りて、生徒全体の諸君に向つて云わるべきことなのである」

人生においても、「現象の正しい姿」を掴むことが最も大切だと内野は書く。教育者は、もちろん生徒に正しい道を歩んで欲しいと教育するだろう。現実をよく見て、見極める力をもてるように育成するだろう。世の中から正しい姿を掴むのは当然である。しかし、当時、どういう時代だったのか？　新聞等の報道は真実を伝えたのか？　そして、大人も教師も、みんなが同じ方向に流された。世の中は「一定不変」になってしまった。その中で、〝厳然〟としてゆらがない真実を見極めることは困難とも言える。

しかし、内野は真実を見る眼を鍛えていくことが大切だとあきらめない。言い換えれば、時代に流されず、本質を見抜き、時代に抗する力を磨くことである。

内野は理論家でもあるが、理論をふりかざすことはしない。人がものごとを理解することの難しさを知っていたのだと思う。彼は「希望は〝微風〟のように、柔らかく、ふわっとやってくる」とあるところで書いている。文章の力で、詩の力で、人が世の中が変わることを常に願った。だから詩を書き、『星雲時代』という新聞をつくった。内野は生徒に希望のカードを切ったのである。

山川彌千絵の素直な表現

もう一つ、内野の表現論を紹介しておきたい。明星の高等女学校に、山川彌千絵という生徒がいた。親友だった佐々木文枝が4回生だったので、山川もその頃に在学していた。彼女はほんの少しだけ明星にいたが、肺結核のためすぐに退学し、その後16歳で夭折した。

病床でエッセイや詩歌、童話などを書いて過ごし、その作品が女流同人誌の『火の鳥』で特集すると、大きな反響があり川端康成も絶賛したという。その後も9回も単行本となり、2008(平成20)年には、創英社から『薔薇は生きている』として出版されている(引用はこの本によった)。

山川は1933(昭和8)年3月に亡くなるが、「私は明星に入学した時とても嬉しかった」と書いている。明星のバザーの楽しさや、女学生が出す『明星時報』(資料室に保存)を心待ちにしたようだ。山川の表現は素直で、内野は彼女の文章を絶賛し、それを『星雲時代』(臨時増刊号、1933年9月1日)に「微風録2」というタイトルで書いている。

内野は、文芸雑誌『火の鳥』の6月号が『山川彌千枝遺稿集』として出版されたことを知って、これを「むさぶり読んだ」と書いている。明星の女学校は中学校と同じ年に設立されたが、校舎は小学校の敷地内にあったので、中学校(現高校校舎)とは離れていた。内野は女学校で教えた記録はなく、校内のうわさや雑誌で知ったのだろう。内野が惚れ込んだ文章はこうだ。

無題（六）

嬉しくって、うれしくってしょうがない。

私、お人形、クリスマスに貰ふの、今それをちょっと見せてもらったの。

赤い洋服を着てるの、おさげにして、お腹をぽんとつき出してるの。

短く短く洋服を着て、くちゃくちゃの靴下はいてるの。

赤くてぱあとひろがって、胸の所に白いボタンが三つ光ってるの。

とてもとても可愛いい顔して太い手や足してるの、もう嬉しくて嬉しくてしょうがない。

白い皮のすぽっとした靴をはいて、レースみたいな靴下をはいて、下着がそれは短くてレースがくっついてるの。目にはまつげがついてるの。嬉しい。（後略）

（一九三一年）

山川の人形の描写には気持ちが入っている。内野は「精一杯に書かれている。初の一字から終りの一字まで山川さんが全的に打出されている。嘘もない。偽りもない。遠慮もなければ装飾もない。小手先の器用さではない。少女のあるがままの思想感情をあますところなく、ぶちまけている、一字一字にふれれば一字一字に山川さんの電気《エレキ》がかかっている」と高く評価する。

男子中学生には人形の理解は苦手だろうが、これを飛行機の模型に置き換えてみれば、同じ表現も可能だ。内野は、少年も、青年も大人も見習える文学だと書いている。彼女の文章には、昭和初期の古びた文体の匂いもなく（内野の文には古文調があるが）、自分の感性に忠実に、自分の言葉で表現している。内野は、「少女のあるがままの思想感情」が表現できている点を評価する。これは内野が『星雲時代』に求めた、まさにお手本だろう。

内野と山川の共通点

不治の病、肺結核を患っていた彼女は、病床でイライラと闘っていた。母親や看護婦に八つ当たりし、自己嫌悪に陥ったりする。しかし、反省し、前向きになり、人形を愛で、明星の親友だった佐々木や友だちに会うのを楽しみに生き切った。

死を予感する日々でも、絶望感も何もかもありのままに書く山川は、常に自分を客観視し、絶望せずに生きる。その姿は本のいたるところで感じられる。そして、この見事な短歌が彼女の代表作となった。

美しいばらにさわって見る、つやつやとつめたかった。ばらは生きてる

病臥する蒲団から見えた美しいものは、唯一、この薔薇の花。そこにだけは生命力が宿っている。そして、冷たい触感を得て、逆に命を見つけ出す。そして、自分の命をも見つけ出すのだ。

『星雲時代』に書いたこの内野の文章は、後半が欠落しているが、続いて内野は、山川の短歌を3首紹介している。

牢屋に入ると青空が美しいと、私もその人々のように空を見る

起きる力きっとあるのだ。肩を蒲団に強くおしつけて思う

ふんわりと柔かいふとんの中に身をかがめたお嬢さま、あのバラを見てるとそう思う

遺稿集には彼女の短歌が約85首も載っているが、内野はその中からこの3首を選んでいる。挙げた理由は本文に欠落があるためわからないが、「牢屋」という語句は、内野の体験と重なっている。内野は、１９３３（昭和８）年の6月に、プロレタリア詩のことで杉並署に呼び出され留置場に拘留されたのである。そして、山川について書いたこの文章は、釈放された直後に書かれたものだった。もちろん「牢屋」は、山川の病床での生活だ。しかし、彼女は自由のない生活だからこそ「牢屋に入ると青空が美しい」と健全な世界を詠んでみせた。蒲団から「起きる力」は、病人だからこそ感じる健康への渇望だった。

山川が感じた「牢屋に入ると青空が美しい」は、内野もまた留置所で味わったのではないか。山

川にとっては病気と闘うこと、内野にとっては、プロレタリア詩活動で抑圧と闘うこと。二人に共通するのは、牢屋から見える青空の美しさであり、それは苦難に屈しない〝勁さ〟である。

牢屋からは美しい空（真実）が見えた。表現が制約されると、人は真実を書こうともがく。内野は、美しい空の中に書くという本来の営みを見つけた。山川が得たものは、内野の掌にもころっと落ちたのだ。その時の内野の気持ちに最もしっくりする女性だった。

古川の絵と、山川の文章を通して、内野は表現する意味を生徒に示した。「文は人なり」（文体論を唱えたフランスのビュフォンの言葉）を引くまでもなく、表現にはその人の真実が宿る。そこまで〝描き切る〟、〝生き切る〟ことを内野は生徒に求めた。それは、プロレタリア詩活動に挫折しまいとする自分への励ましであり、希望だったのかもしれない。

文章や表現には、描いた生徒一人ひとりの存在が、その命が宿る。『星雲時代』に一人ひとり自由に書かせたことは、究極の個性尊重だ。そして、命を懸けた真剣勝負でもある。時代のピリピリとした緊張感が真剣さを強いたのかもしれない。

17. プロレタリア詩人、ついに検挙

『星雲時代』を生徒と一緒につくることで、内野の教師生活は充実していたが、その一方で彼はプロレタリア詩人として活動していた。内野は、朝鮮でも詩の活動をし、教師との二足の草鞋だったが、詩集が発禁処分となり、ついに朝鮮を追放された。そして、どうにか明星に勤務することができたが、教師に専念するかと思いきや、またまたプロレタリア文学運動に関わっていく。しかも、中心メンバーとなり、名前を〝新井徹《あらいてつ》〟と変え、学園には内緒で活動していた。内野にはプロレタリア詩人という別の顔があった。

『プロレタリア詩集』で検挙

内野が明星に勤めた1929（昭和4）年頃は、プロレタリア文学運動は最盛期だった。内野は

その渦中で盛んに活動していた。しかし、1933（昭和8）年6月、自分も書いた詩が載っている『プロレタリア詩集』のことで杉並署に呼び出され、2か月間拘留されてしまう。「その間に受けた肉体的な打撃は、彼の後の発病、死を早める大きな原因となった」と任展慧は書いている（『全仕事』）が、酷い拷問を受けたことがわかる。

内野が拘留されたのは1933（昭和8）年6月。その年の2月、プロレタリア文学運動の旗手だった小林多喜二は検挙され、拷問により惨殺。無残な姿の遺体は中野にあった自宅に帰された。母親は涙で息子に対面。多くの友人らが弔問したが、親交のあった内野と妻の後藤も、その日のうちに多喜二の家を訪問したという。内野の長女、茅花《つばな》さんは、後年、母、後藤郁子から、小林多喜二を弔問した話を聞いていた。

小林の拷問死は活動家に衝撃を与え、いよいよ国家権力の猛威が内野の身にも迫っていた。仲間は続々と拘留、逮捕され、6月、権力の弾圧は最終局面に達した。ついに、拷問に耐えてきた共産党幹部らが獄中から「転向声明」を出すに至る。

「転向声明」は、1933（昭和8）年6月9日に、当時獄中にあった日本共産党（非合法）の指導者だった佐野学、鍋山貞親が転向声明を出し、共産主義や社会主義の立場を放棄させられたことを指す。500人以上の集団転向が行われ、国家権力への一切の反対運動が息の根を止められた瞬間だった。内野は、この転向声明が出た時、拘置所にいたことになる。この声明は拘留されていた革命家たちの耳に届き、大きな衝撃を与えたというから、内野もまた獄中でこれを聞いたのかもしれない。仲間の居場所を吐けと脅され、拷問は容赦なかった。今後、反権力的な社会活動をするなという条件づきで、内野は釈放されたと想像する。

内野は、貧困にあえぐ労働者や農民、戦争に駆り出される民衆の悲劇や嘆きを詩で詠んだ。捕まっても、拘置所では口を閉ざし、拷問に屈せず抵抗したと想像する。強い弾圧を受ける中で、人間は妥協していくが、しかし内野は、理不尽な権力に靡く人ではなかった。むしろ、その痛みをバネに何度も、何度も立ち上がる。転向声明が出た後も、彼は詩人の小熊秀雄らと『詩精神』という雑誌を創刊し、書けなくなった作家や詩人たちに表現の場を提供したのだ。文学史上『詩精神』は高く評価されている。なお内野のプロレタリア詩については省略するが、『全仕事』の２１０頁「夜明けを待つ！」が検挙の理由となった詩である。

世に奇跡はない

こんな激しい活動をしていた一方で、内野はいつもと変わらず教壇に立っていた。しかし突然の検挙で、休むことになり、学内では噂が立っただろうが、記録には残されていない。内密な活動だったのだろう。生徒は内野が病気療養中だと聞かされ、真相は伝えられていなかったようだ。

内野は2か月後に釈放され、しばらく自宅で療養していた。しかし、内野は早く学校に復帰したいと願い、そのあせりがあった。療養中の心境をこう書いている。

二日熱が昇って二日熱が下る。
下った二日に続く翌日
――若しかこの循環律が破れはしまいか、破れてくれよとねがいながら、その日の午後四時頃になると又昇る。
(『星雲時代』臨時創刊号、1933年9月1日、「微風録」)

「この循環律」というのは、熱の高下の繰り返しを指し、肺炎や肺結核に特有の症状だ。留置場での拷問が肺結核を引き起こしたのである。そして、いよいよ熱が下がるのだが、その経過に着目する。

よく幼い頃、朝顔の種子を播いて、今日は芽を出すか〳〵かと毎日垣根を見るが仲々芽を出さない。待ち遠い心は種子をいぢくり出してみるが、もとのままの黒っぽい種子だ。何だ!と半ば自暴気味に、またうづめて幾日か忘れてしまっている。そして雨の朝などふっと思ひ出して、傘さしていって見ると可愛い緑の(判読不可)を黒土の間からのぞかせている。
あの時の微風のような、よろこび――。

種子に包まれている生命が発酵して内からあふれ地殻を破ったのだ。それには種子が地に下されて芽ぐむまで、丁度それだけの動し難い時間が必要であったのだ。

病熱と云うものも、いくら焦っても仕方がない。不足していた体力が満ちてきて五尺五寸六分の僕をとにも（判読不可）るだけの状態に達した瞬間に、はじめて離脱したのだ。熱の循環律の破れない間も、それを破る可き力の蓄積は不断に行はれていたのだ。僕は医者を疑ったりなぞせず安じて横わっている可きであった。

世に奇跡はない。

内野は、静養する時間の中で、自分の体の変化を見つめる。「熱の循環律の破れない間も、それを破る可き力の蓄積は不断に行われていた」と、病気であっても、破る可き力の蓄積が絶えず行われ、「破るべき力」の存在に驚いている。そして、それだけでなく、「破るべき力」は絶えず蓄積されているという、身体の〝運動〟に着目する。

地層に眠る植物が芽を出すという現象は、植物の生命力や成長の可能性が一時的に否定され（地層に眠る）、しかしその否定の中に新たな生命の発現（芽吹き）の契機が内在していて、より高い段階の生命活動へと発展する。これは、否定と肯定という矛盾をより高い次元に引き上げる〝止揚〟の考え方である。内野の身体はそれと同じで、微熱がとれて、やがて健康な身体に戻ると実感する。それは「必然」であった。変革に奇跡はなく、不断の行動によること、変革はすでに〝内在〟されているというのだ。「世に奇跡はな」く、その時を待つのだと。

詩人が書く散文的な表現だが、ここには内野の哲学が潜んでいる。植物が芽ぐむように若い生徒も成長する。しかしそれだけでなく、世の中の変革を諦めない内野の決意がある。「世に奇跡はない」が、変革は内在する。必然的な変革に向けて、焦らず、時間をかけて、そして諦めずに行動するのだ。それは、朝鮮、そしてプロレタリア詩人として活動した、彼の全人生に通底する哲学だったように思う。そして教育者としての内野の核になる思想である。

「もの言えぬ時代」だからこそ

『星雲時代』（臨時創刊号「消息」）には、「内野先生……八月に入りて離床。信州の温泉で静養後、十九日よりの補習授業で奇声久々也」と書いている。夏休み中の、暑いさかりに補習授業で内野の声が久しぶりに学園に響いたというのだ。奇声と書かれるくらい、内野は回復していたのだろう。9月の新学期を待たずに、早く学校に出たかった内野だ。

しかも、『星雲時代』は臨時増刊号を出している。自分が休んだ分を取り戻そうと思ったのか、内容も特別座談会を組み、自ら座長になっている。編集会議風の本格的な仕掛けが面白い。内野の司会で生徒もざっくばらんな意見を出している。しかし、時代は1933（昭和8）年以降、「もの言えぬ時代」に入った。この時代閉塞の現状の中で、明星で発行した『星雲時代』だけは、自由にものが言える世界だった。釈放後の内野は本当に嬉々としてこの新聞に取組んでいたのだと想像する。

2度目の検挙と結核の悪化

内野は、転向声明が出て、多くの作家が黙りこんだ後も、屈することなく抵抗運動を続けている。友人の小熊秀雄という詩人らと『詩精神』という雑誌を発行し、プロレタリア詩人たちの最後の発表の場を提供した。しかし、またしても当局の手が伸び、この雑誌に発表した詩のことで、1937（昭和12）年6月、再び内野は中野署に検挙され、2か月間拘留されることになる。

しかし、それでも屈せず、釈放後、内野はその年の12月に、彼の第三詩集となる『南京虫』を刊行するのである。1937（昭和12）年の7月7日には日中戦争が勃発し、戦争ムードに突き進んでいた。その中で反体制を貫く書物を出すことはほぼ奇跡に近い出来事だった。つまり、内野にとっての1937（昭和12）年は、半年の間に拘留・拷問を経験し、日中戦争勃発をはさんで12月に詩集を刊行している。2度の拷問でさらに結核が悪化する中、時代に抗し、体力の限界まで闘った。まさに死力を尽くしたのだ。

そして、2度目の拷問が決定的となり、1938（昭和13）年の11月、医師から3年間の休養を勧告された。しかし、一家の生計のためもあり、明星の勤務は細々ながら続けられていたようだ

（『全仕事』の年譜より）。

最晩年（昭和12年〜19年）を生きる

内野は、『星雲時代』によると1941（昭和16）年までは学校に出ていた記録があるので、医師に休養を宣告されたとはいえ、それからの3年間は明星学園に勤務していたと思われる。しかし、1941（昭和16）年に、革命家だった弟の壮児が検挙され、松沢病院（精神科）に入院する。壮児は精神に異常をきたし、それでも闘いを続け、再度検挙されている。内野の周辺では、特高の目が光り、仲間が次々と検挙されていた。我が身の衰弱もあり、相当困ぱいしていたと思われる。この年の12月、「病勢募り、倒れる。自宅にて療養」（『全仕事』の年譜）とあり、明星学園を休職したのもこの頃かと思われる。太平洋戦争が始まる年であり、学園の様子も戦時体制になっていった。『星雲時代』は全号が残っているわけではなく、14号（1933年12月5日）までは全部保管されている（1回生の加藤誠之介が保存していた）。その後は、20号（1935年3月15日）、23号（1936年1月20日）、38号の一部（1938年7月18日）、40号（1938年12月18日）、科学特集号（1940年12月17日）、48号（1941年3月22日）、49号「末綱先生追悼特集号」（1943年2月25日）が残っているのみである。

残った資料で、その後の内野の歩みを辿ると、38号の一部に「七月某日」と題する文章を寄せている。これは朝鮮半島から引き揚げて明星学園を初めて訪ねた時の回想文である（前述した）。また、48号に書いた、江川玄武という生徒の文章に、原稿は「内野先生の机の上にでも置いておけばいい」と書いているので、16年の3月には職員室で『星雲時代』の原稿を内野は待っていたことがわかる。しかし、それ以降、『星雲時代』から内野の生活を伝えるものは見当たらない。

長女、茅花さんと長男、晃さんの誕生

医師に休養を勧められた１９３８（昭和13）年からの3年間の生活については、明星の資料からも、また『全仕事』からもよくわからない。しかし、私生活では、１９３８（昭和13）年の3月に長女茅花が誕生、その3年後の7月には長男の晃が誕生している。闘争の果てに弱った身体と、抵抗運動の退潮時に、内野と後藤は新しい命を授かったことになる。これこそ「奇跡」のような再生だ。

私は、長女の茅花さんが千葉で暮らしていることをようやく突き止め、早速、自宅に訪ね、いろいろなお話を伺った。幼かった茅花さんは父の記憶をほとんど留めていなかったが、内野が書いた『我が生活』という日記を見せてくれた。ハードカバーの立派な本だが、もう朽ち果てそうになっていた。その手記には、娘が誕生し、成長する日々が、1頁、1頁に刻まれていた。内野の字は『星雲時代』で見慣れていたが、それとは少し違っていた。日記には父の喜びが溢れ、命を慈しん

でいる。「誕生」という詩も書いていたそうだが、愛情深い内野は、ようやく最愛の自分の子どもと出会い、最上の愛を注いでいる。

内野は、１９４１（昭和16）年までは学校にも出て生徒と関わっていた。その一方で、詩も書き、自宅では新しい命を愛でていたことがわかる。

しかし、この年、「狂うと狂わぬと」という内野の最後の詩が書かれている。彼が残した最後の詩は狂気に満ちている。検挙されて神経を病んだ弟や、捕まって神経を病んだ仲間らがモチーフと思われるが、革命家の真に正しい〝狂わぬ〟思いを、〝狂った〟権力者にぶつけた詩である。

この詩を書く内野の怒りは狂気を帯びているかのようで、それほど激しい詩だ。内野は、自分に残された最後の力を振り絞り、権力に抗した。「先生もうあんな烈しい詩は書かないで下さい」、とまさに言いたくなる詩である。この詩は、『全仕事』２４１頁に収録。内野の最後の詩と思われる。

『我が生活』晩年の内野の日記　内野茅花氏所蔵

戦争と『星雲時代』の終刊

日中戦争から太平洋戦争に向かい、明星学園も戦時体制が強化されていく。そして、先生や教え子たちは次々に入隊していった。『星雲時代』には、宇都宮で入隊した幼馴染について書いた「手紙」という文章が残っている（14号、1933年12月5日）。

手紙は「御目出度う！　祝入営」と書いてはいるものの、内容は戦争賛美ではない。作者は匿名になっているが（五年爺さんとなっている）、この前文では、書き手は5年生（17歳くらい）と書いている。手紙を出した相手を〝21歳の君へ〟と書いているので、4歳年上だとわかる。書き手は、卒業年から想像して2回生かもしれない。4歳年上の友人は、その前に卒業したのか、小学校の時の友だちか、とにかく幼い時から軍人志望で、入隊の道を選んだのがわかる。

彼は入営したことを祝しているが、友人だった君が手の届かないところに行ってしまい、「どうする事も出来ぬ国家の人」となってしまったと嘆く。しかし、彼はお国のために命を捧げよ、とは言わず、反対に命を無駄にするなと書き、再会を願う。「も一度君の顔が見たい。唯逢いたい」と、友人に告げる彼の気持ちは涙を誘う。

1940年12月17日の号には「勤労奉仕」（大岡正男）、という文章があり、この頃から生徒たちは勤労奉仕をしていたことがわかる。「今私達は神聖な汗の奉仕をしているのである。然も宮城外苑の整備である。皆一心にやっているのだ」と書かれている。〝神聖な汗〟で奉仕をしている、というのだから、生徒もまた、お国のための神聖な行為に取り込まれていたことがわかる。

勤労奉仕とは、戦時体制下で国民を強制的に労働力として動員した「勤労動員」を指しているが、中でも生徒や学生の動員は「学徒勤労動員」と呼ばれた。1938年（昭和13）年6月の文部省「集団的勤労作業実施に関する通牒」により、学生、生徒は長期休業中に3～5日勤労奉仕することが義務づけられた。翌年には、木炭や食料の増産運動で、生徒は正課として作業に参加することになった。

そして、1941（昭和16）年12月の太平洋戦争開戦後は、学生、生徒（学徒勤労動員）や女子（女子勤労報国隊、女子挺身隊など）を無報酬で徴用し、軍需産業に動員した。明星の生徒もこの勤労動員に駆り出された。

当時は物資が不足し、紙もなくなってきた。『星雲時代』の49号（「末綱先生追悼特集号」1943年2月25日発行）には、戦争の影響で印刷所がうまく回らなかったと編集後記に書いている（末綱先生は、第1回の卒業生。内野の教え子でもあった）。そして、『星雲時代』は50号（1943年3月）で終刊する。

内野は、1943（昭和18）年7月、ついに結核療養所に入院する。『星雲時代』の終刊が同年の3月なら、内野は終刊を見届けたことになる。彼がいない間も発行が続けられたのか、あるいは時々、内野は顔を出して手伝っていたのか（自宅療養中なので無理か）、あるいは、51号も出そうと準備をし、内野の入院がそれを不可能にしたのか、今となってはわからない。

しかし、戦争で物資が不足し、生徒は赤紙で戦地へ征き、在校生は勤労動員で授業もままならなくなり、空襲警報が鳴り響く。そんな中で『星雲時代』は発行し続けたことになる。発行し続けた価値は極めて高い。

18. 戦争下の内野と生徒たち

内野の療養生活を支えた生徒たち

内野は、1943（昭和18）年7月28日、中野区江古田にあった結核療養所「浄風園」に入所した。内野の元には縁ある人が見舞いに来て、内野を支えていたという。妻の後藤は、「新井徹との道」（『全仕事』）で、その時の様子をこう書いている。

「この日までの六年間の病中、勤務先の明星学園の諸先生、父兄達、教え子達の変わらぬ子弟の情によって私たちは経済的にも守られ、代る代る毎日見舞われ……（後略）」

明星学園の先生や父母、教え子は変わらぬ情で内野を支えたと書いている。しかも、経済面でも支えたというのだ。この点については、内野の教え子で、後に明星の教師となる恩地邦郎と、内野の恩人、上田が回想の中で説明している。以下、そのまま引用する。まず、恩地の文章から。

「肺を悪くされ、休職されてからは、当時の学園の経営として、現職の先生の給料すらことかく時があったので、まして休職の先生の保障などできなかったに違いない。療養費、生活費に困っておられたのに心配した卒業生が小使いを節約して、拠金し、当時百円位一般の俸給額であった頃、七〇円を毎月さし上げていた。しかしやがて中野の父兄の方の関係のあった病院に入《ママ》れられ、大東亜戦の最中に亡くなられた。先生は朝鮮の学校におられた頃すでに詩人として知られ、朝鮮の人に同情した作品を作り、その学校を追われたので、内地でもしばしば『赤』扱いにされたものらしい。私は先生が社会主義者であったのかどうか今でもよくわからないが、当時としてはめずらしい。ヒューマニストであり、筋の入った自由主義者であったのではないかと思う。亡くなられる数日前、お見舞した時、『恩地君、神様ってあるのかね』と、もう声ともいえないような声でいわれた。今考えると意味深いことばだったと思う」（『明星会報』創刊号、1955年5月）

「七〇円を毎月さし上げていた」というのはかなりの金額になる。卒業生や父兄、教師らがカンパして集めたのだろうか、個人では到底、無理な額である。しかし、内野への思いには、金銭には代えがたい、また世話するのにも代えがたいものがあったのだろう。

続いて、上田の文章は「思い出す人々」として一番はじめに内野を挙げている。

「故内野先生の逝去は洵《まこと》に惜しかった。同先生の旧中学部に残した足跡は特筆大書してよろしいと思う。五十号まで続いた『星雲時代』と文集『北斗抄』それから『明星詩集』六冊、それらの編集は自主、協同、友愛の三つをモットーとして先生の指導のもとに行われた。寺地、平林、谷井の諸氏など先生の影響を最も多く受けたものであろう。先生が不治の病を淋しく養わねばならなくなった際、それらの諸氏が親身も及ばぬ世話をしてくれたことは今思い出しても感謝の外はない。これより先きに末綱氏が他界した頃であったと思うが、私が病床の内野先生を見舞った時、（中略）『ドンチャン（末綱君の愛称）は何か宗教を信じていましたか』と顔をあげて洵に痛切なまなざしで私をジッと見詰めた時の先生の顔を今も忘れることはできない。（後略）」（『明星』25周年記念誌所収）。

二人の証言からは、学園全体で病床の内野を支えた様子が伝わる。上田もまた、内野の逝去を「洵に惜しかった」と書き、「旧中学部に残した足跡は特筆大書してよろしい」とまで言っている。内野がつくったものは、「自主、協同《ママ》、友愛の三つをモットーとして先生の指導のもとに行われた」と、上田は的確に評価している。

また、内野の影響を最も強く受けた3人の生徒を挙げているが、寺地、平林、谷井の名前は『星雲時代』にも登場する。谷井は後に明星の関係者となる。

一人の教師に強い影響を受けることは明星ではしばしばあった。教師は人間的にも魅力があり、生徒の憧れとなる。生徒が内野を最期まで支えたのは、この深い愛情があってこそだったのだろう。

郁子は、内野が教え子からよく手紙をもらったと書いている。その中には「先生もうあんな烈しい詩は書かないで下さい」という手紙もあったという（『全仕事』）。「名を変えても教え子は別のところでの先生の行動を知って、なお尽くしていてくれたようです」と郁子は感謝の思いを綴っている。生徒は彼らなりのカンを働かせ、内野が〝新井徹〟と名前を変えてプロレタリア詩人として活動していたことも知っていたのだろう。

身体がボロボロになっても活動を続け、「もうあんな烈しい詩は書かないで」とまで思わせた内野。社会の問題に眼を向け、人間を深く愛さずにはいられなかった内野のことを、生徒たちは理解していた。拘留され、危険視されてもなお、彼らは内野の生き方を認め、その上でなお内野に尽くしたのだ。

内野は死の前に「日本は今に火の海になる。アメリカ兵が上陸する」と話したという。実際、沖縄には米兵が上陸し、大空襲が日本列島を襲った。内野の最愛の姉は神戸の大空襲で亡くなっている（その前後に両親が亡くなっている）。内野の預言は奇しくもあたってしまったのだ。

最期に内野は、「あなたの繕いだ足袋がほしい」と妻に言い、旅立ちの覚悟をしていたのではないか、と後藤は書いている。内野は自分の死を前に、「ドンチャン（末綱君の愛称）は何か宗教を信じていましたか」と顔を上げて「洵に痛切なまなざしで私をジッと見詰めた」と上田は書いているが、内野は、教え子のドンちゃんが自分より先に逝ってしまったことを悔やんだだろう。そして、最期の救済を願い、神のいる安息の場に召されることを願ったのかもしれない。「恩地君、神様ってあるのかね」と言った内野の最期の言葉には、神が不在の理不尽な世の中への失望感が滲むが、しかし内野は、自分を救済し、世の中を救う神がいる世界を信じ続けたのだと思う。

そして、内野は逝った。

その翌朝、〝デンドロビュームの蘭の一鉢〟が明星の卒業生から届いた。「彼の死の翌朝うす紫のデンドロビュームの高価な蘭の一鉢が卒業生から届き、心のこもった贈りものを一眼、彼に見せたいと思ったものです」と後藤は書いている。そして、せめて豪華な花をと高級な蘭を手向けた生徒の気持ちと一緒に、内野に伝えられなかったのは悔やまれる、と書き残している。

後藤はそれを後悔したが、明星の生徒たちと過ごした16年間に、内野はきっと満足していたことだろう、と私は思う。

教え子の戦死

内野は46歳の若さで、また戦争の最悪な時を経ずに亡くなった。しかし、その間、内野の教え子たちは、いわゆる軍国少年の世代にあたり、戦地に送られていった。明星学園では28名の卒業生が戦死したと記録されている。

『明星会名簿』を見ると、第1回の旧制中学卒業生のうち、6名（23名中）が戦死、2回生では1名が戦死している。戦死した生徒の中には、『星雲時代』によく書いていた生徒の名前もある。第1回生は、昭和8年の3月に17歳くらいで卒業している世代。戦死した年が昭和19年とあるので、

戦地からの手紙に添えられた写真「海軍一等飛行兵。村上直彦」と記されている　明星学園資料室所蔵

28歳くらいで戦死していることになる。

明星の職員室には戦地にいる卒業生の情報が入り、次第に戦争が悪化するにしたがい、戦死の情報も入ってきたのだろう。卒業生名簿の記録上では、最初の戦死者は昭和19年1月30日となっている。この生徒は『星雲時代』に記事を書いていたE君で、帝国美術学校の洋画科に進級している。将来の美術の志は打ち砕かれたのだ。

明星学園資料整備室の入り口には、懐かしい記録と一緒に戦争の資料が並べてある。その中の写真の1枚は、戦闘機の前にいる飛行士姿の青年の写真で、「卒業生から上田八一郎先生に届いた写真（1943（昭和18）年1月1日付）と書いてあり、続けてこうある。

「10回生（1942年3月卒業）の村上直彦さんが19歳の正月に撮影し、上田八一郎先生に送った写真です。写真の裏側には『海軍一等飛行兵・村上直彦』と署名されています。この村上さんを含め、若くして招集された28名の卒業生が戦死しました」

この10回生ではさらに二人が戦死したという記録がある。内野は闘病中とはいえ、おそらく出征していく教え子の情報は耳に入っていただろう。

万歳する世間の歓声を内野はどう受け止めていただろうか。彼は戦争の先にある死や滅亡を予感していた。決して戦争謳歌などしなかった。戦争の愚かさに気づいていた日本人の一人だったと言える。

上田は、「煽動に乗るな。煽動に乗るものが多いから言論の自由が仲々に与えられないのだ」と『星雲時代』に書いた。上田は国の煽動にのるな、お国のために死ぬな、と必死に食い止めようとあがいた。しかし、個人の力では「どうする事も出来ぬ国家の人」に国民がなり、結果的には生徒を戦場へ送ることを止めることはできなかった。上田の苦渋に満ちた表情が思い浮かぶ。しかし、言論の自由を失うなと言って教壇に立った上田こそは、明星の誇りである。

井の頭公園の木が棺桶に

戦争の波はどんどん明星学園にも及んでいた。明星があった三鷹市は、1986（昭和61）年に『いま語り伝えたいこと――三鷹戦時下の体験』を発行しているが、そこには、「三鷹町初の警戒警報、空襲警報発令は17年3月」と書かれている。

そして、日本本土空襲が始まったのが1944年（昭和19年）11月24日。「零戦」を製造したことで知られる「中島飛行機武蔵製作所」（武蔵野町）が狙われたのだ。その日、アメリカ軍は日本本土空襲を開始し、その最初の目標が「中島飛行機武蔵製作所」だった。この工場は、航空機を製造し、零戦や隼などの軍用飛行機のエンジンを生産していた。合計9回の空襲を受け、工場内だけでも200名以上が犠牲となったと言われる。さらに、爆弾は周辺地域に落下して、一般市民を巻き込んだ。

20年3月の東京大空襲前の2月には、東京天文台本館が焼失、三鷹町空襲（三鷹駅車庫、深大寺・北野、大沢に爆弾投下と機銃掃射）、三鷹町空襲（新川の高橋勝義町長宅や中央航空研究所に爆弾投下）と続いた。また、4月、5月には、三鷹町空襲（境浄水場、下連雀二丁目死者28名）、三鷹町空襲（中仙川、正田飛行機）とある。5月には、三鷹町空襲（野崎、全焼5、半焼9、新川全焼54戸）とある。

そして、三鷹市のこの記録に、当時、明星の先生だった原田満寿郎が「明星学園での戦時体験の断片」という記事を寄せている。これによると、空襲警報、爆発音、B29の飛来、時限爆弾の投下、機銃掃射、防空壕への避難などが書かれ、明星学園の北の雑草地、井の頭公園のプール、吉祥寺南町1丁目にかけて未明以降に爆発した、と記されている。また、超低空で女学部平屋の屋根すれすれにP51数機が飛来して、学園の南方向に機銃掃射したこと、児童たちはすでに防空壕に避難していたこと、などの記述がある。幸い、明星学園の校舎は、現在の小中高ともに爆撃は逃れた。

また、武蔵野市の『戦争も核もない世界を武蔵野から』には、4月2日の中島武蔵工場への空襲で、武蔵野で死者20名、傷者3名、三鷹では同28名、同2名、保谷では同46名、同1名、全9市で160名が死亡、傷者は10名とある。家屋被害は148件、罹災者は520名と記録している。三鷹市や武蔵野市のこうした調査は、戦争を市民のレベルで捉え、個人の戦争悲劇を具体的に伝えるが、次に挙げる井の頭公園の記録はあまりに身近過ぎて衝撃的である。

「東京大空襲後、都内には数次にわたって激しい空襲が行われていた。(中略) 毎日通う井之頭の森の杉がどんどん切り倒されその場で空襲で倒れた人々のおかんとなって積まれるのを見ては、も早事態の極度に切迫して来たことを感じないではいられなかった」(『明星』25周年記念誌、「空白」高三・中川日出男)

明星生の通学路でもあり、庭のように親しんだ井の頭公園が、お棺の置き場所になっていたとは、何というショックだろう。実際、三鷹市の記録にも、19年12月に「井の頭公園池畔の杉並木立伐採」と書かれている。東京都公園協会では写真つきで、「容赦なく一万五千本のスギを伐採」と記録している。

お寺の鐘や日常品の金属まで拠出された、という話は子どもの頃に聞かされたが、木材は船の材料になり、また〝なぎなた〟になったという話もある。しかし、木材は武器としてそれほど威力があったわけはなく、空襲と予期せぬ多数の死者が、棺桶の逼迫をもたらしたというのだから、イケイケの掛け声とは裏腹に、日本は貧しく、戦況不利だった。それは目に見えていたのだ。

今は平和で、緑豊かな井の頭公園。その木が切り倒され、戦時物資になり、戦死した人のお棺になったとは――。平和と思われる土の下には、戦争の痕跡が眠る。平和のすぐそばには戦争があるのかもしれない。軍事化を急ぐ現在の日本を思う時、いつ時代のねじが逆回転するかわからない。だからこそ死の影をしっかり踏みしめ、そして、死のない世界を求めたい。明星の生徒にとって庭に等しい井の頭公園は、人々がくつろぐ平和な公園であって欲しいと心から願う。

参考資料

『ほしかげ』第12号（明星学園発行、１９３４年12月15日）
創業六十年記念出版世界教育学選集80『ドルトン・プランの教育』パーカースト著、赤井米吉訳著（明治図書出版、１９７４年11月）
「宮城県におけるドルトン・プランの紹介とその反響―宮城県教育会雑誌『宮城教育』を手がかりに―」佐藤高樹著（『東北大学大学院教育学研究科研究年報第55集』２００６年）
「ようこそ壱岐へ」ウェブサイト
『明星の教育』第5号（明星学園出版部、１９３１年8月）
『「新教育」運動の流れと大陸における教育活動――戦前の広島高等師範の姿』槻木瑞生著（上田女子短期大学紀要、２０１７年1月）
雑誌『渾沌』「特別寄稿　明星五年」赤井米吉著（渾沌社、１９２９年1月22日）

『教育問題研究』「朝鮮の教育」赤井米吉著（文化書房、1923年10月）
『教育改革者の群像』中野光著（国土社刊、1976年3月）
『赤井・照井両先生生誕百年誌』「『教育第一』の運動と明星学園」記念誌編纂委員会編（明星学園発行、1988年5月）
「創られた戦争美談——肉弾三勇士と戦争美談」増子保志著（日本国際情報学会、2015年12月25日）
『上田八一郎先生誕生百年誌』百年誌編纂委員会（明星学園刊、1991年5月）
『薔薇は生きている』山川彌千絵著（創英社、2008年2月）
「明星会報」創刊号（1955年5月）
『明星』25周年記念誌「二十五年の回顧」上田八一郎著（明星学園文芸部、1949年11月）
『明星会名簿』（明星会、2000年1月31日）
『いま語り伝えたいこと——三鷹戦時下の体験』（三鷹市発行、1986年3月）
「戦争も核もない世界を武蔵野から」（主催、武蔵野市非核都市宣言平和事業実行員会、資料提供・協力「武蔵野の空襲と戦争遺跡を記録する会」〈代表、牛田守彦〉）

Ⅲ

戦後早々の明星学園

19. 戦前の明星学園を検証

卒業生が体験した戦争

明星は、時代の節目節目に記念誌をつくってきた。戦後早々の時期には、戦争の回想が紙面に載せられている。命を落とさず、どうにか戦後も生き延びた卒業生の回想からは、疎開や勤労動員、空襲の驚怖など、当時の生活が具体的に書かれている。戦争中の教師の対応などもあって貴重である。

卒業生の馬場洋子は、「女優志望の若い女性が見た戦中・戦後」（明星学園史研究会第8回）という文章の中で、「戦争中の明星学園の先生方も、私たちに〝天皇陛下のために死ね〟とはおっしゃっていませんでした」「100％国策に沿った学校との違いでしょうか。明星学園の〝自由〟は先生方の愛情に包まれ、ガンジガラメの制約の中で、細々と……守られたような気がします」と書いている。また、「良妻賢母」教育の押しつけもなく、制服については、「制服ではなかったけれど、みんなが着ていたセーラー服」と愛着を寄せている。強制的に決めた制服ではなく、好んで選ぶ制服もあるのだから。

馬場は、明星が戦時中でも自由を守っていた点をいくつも挙げている。〝天皇陛下のために死ね〟という教えはなかったというが、考えてみれば、出征兵に対して万歳をしたとしても、〝天皇陛下のために死ね〟と言ったかどうかはわからない。率先して協力したか、イヤイヤ協力したかは微妙ではあるが大きな相違がある。また、君が代を歌ったか？　も話題になったという。四大節の式のとき、君が代を歌ったのではないか？　とクラス会で出て、歌ったらしいと書いている。歌ったかどうかの真相はわからないが、明星にも四大節という国家行事への参加があったことがわかる。

卒業生の松本陽子（20回生）は、明星学園には、戦時下のどの国民学校にもあった奉安殿（教育勅語の巻物が納められていて最敬礼を強いられた）や二宮金次郎像はなかったと書いている（『90年誌』）。奉安殿と二宮金次郎の像がなかったことは、明星が国策教育にのらなかったある種の抵抗だと見て取れる。

戸坂嵐子（14回生）は、敗戦間際に明星に転入し、短い時間だが明星で過ごしている。しかし、その半分以上は勤労動員の生活だったと書いている（前出『明星』25周年記念誌）。嵐子は戸坂潤の娘で、文章からも才女ぶりが伝わる。敗戦間際の他の女学校が軍国主義にしばられていたのに対して、「明星などが最後に残ったリベラリズムの橋頭堡《きょうとうほ》だった」と書いている。橋頭堡は、戦闘場面の用語だが、不利な地理的条件での戦闘を有利に運ぶための前進拠点の意味で、軍国主義の時代に、リベラリズムを守る前進拠点だったという意味だろう。明星学園は、成城小学校や自由学園、文化学院などとともに大正自由教育の先頭に立ったが、最後までそれを守ろうとしたという意味だろう。

嵐子はさらに、服装についての思い出を書いている。戦争中に女子がモンペ姿だったことに見かねた先生が、反対する先生を押し切って、スカートをはけるように職員会議にかけてくれたというのだ。モンペ一辺倒で何のおしゃれもできない女子の気持ちを考えて、対応してくれる先生がいたのだ。そして、他の女学校が「まるで鋳型に人間をタタキ込むような教育で、お下げの長さ何センチ、スカートの長さ何センチは勿論のこと、朝から夕まで教育勅語や軍人勅諭を暗しょうさせられていた」のに対して、「明星ではそんな事は誰も云い出しませんでした」と書いている。スカートの件では反対する教師もいたとあるが、上から教育を押しつけることをしない自由教育の在り方が伺える。

日々の勤労動員の生活の中、嵐子の唯一の慰みは、絵を描きに出掛けていくことだった。「私には一番美しい思い出」と回想している。苦しい戦時下でも自分の生きる場所を与えてくれたのも明星学園だった。こうした記録を辿ると、国家に抗する教師たちが生徒たちを守り、そのことに卒業生たちは感謝していることがわかる。明星が戦時体制に丸ごと飲み込まれていなかった点は再評価する必要があるだろう。

上田の総括

前出の『明星』25周年記念誌で上田は、創立期からの明星を振り返り、戦前の明星を総括している。上田らしい飄々とした文章だが、果たして自由教育は成功したのか否か、上田自身、成功したと思っていたのかどうか。

「一学級三十名生徒総数百五十名を超えざること、男女共学、無認可の学校、上級学校入試準備の要らぬ学校、武道と教練のない学校等」を挙げ、「最初から実現出来ないものであった」と書いている。

上田は中学校と女学校をつくる時に朝鮮から帰国したのだが、この文章は中学校をつくった時に関するものだろう。創立当初の理想は、個性尊重などの理想にかなう少人数教育だったのがわかる。当時の公立小学校は、生徒数は約50名くらいだったようだ。この点について赤井は『この道』(遺稿集)の中で、かつて勤めた秋田の小学校は「一、二年の男女共学の組では八十人近くもあった」と書いている。80人はすごい数だ。男女共学も、入試のいらない学校も、武道や教練のない学校も、それを理想としたが、残念ながら実現できなかったと書いている。

軍国主義に飲み込まれ

明星学園が戦時中をどう歩んできたかはしっかり見ていく必要がある。上田は、同文章で、まず1928（昭和3）年からの世相を眺める。

「昭和三年二月には第一回普選が行われて無産代議士八名が当選した。三月には全国的に共産党の大検挙が行われた。四月には当時の水野文相が学生思想問題に関する訓令を出した。六月には張作霖氏の爆死事件が起り色々な問題を世間に投げた。翌四年になって四・一事件があり続いて愛国主義の諸団体が出現したので文部省は四年より五年にかけて思想問題に関し引続き大学、高専等の校長会を開催した」

そして、5年に浜口首相が東京駅で愛国社員に狙撃。9月満州事変、白色テロ、ファッショの波、7年3月上海事件、5月犬養首相暗殺。五・一五事件。8月国民精神文化研究所が設立。8年3月ドイツヒットラーの全権委任法を可決。ナチス独裁。日本は国際連盟を脱退。11年二・二六事件、12年日華事変、美濃部達吉が貴族院と東大を追われ、「『戦争は創造の母』と云う陸軍のパンフレットが出て日本は凡て軍部の天下となってしまった」と続けている。

上田は、普選、共産党の大検挙、満州事変、ナチス独裁、国際連盟脱退、二・二六事件、日華事変と、恐ろしい時代の流れを整理する。この頃、「明星学園の学園という文字が気に食わぬ」と師団司令部から「国民学校」に名前を変えるよう指示があった。国は全国の学校に名称変更させたのである。学園という言葉は、自由な学校という意味で国は認めたくなかった。自由学園も当時「自由」の名を堅持するだけでも大変だったと伝えられている。

そして、こうした時代の流れの中で、教師や父母らの対応がどうだったかも上田は記録する。

「父兄の間にも将来軍人を志望する生徒は他に転校させたがよいと云い出した人もあり、先生の中にもそれに賛成するが如き言辞を弄する人も出て来た。事実子供の意志に反して自分の子供の意志に反して自分の子供を他校に移した父兄もあった。父兄の中には子供達が自分の学校が好きになるということを恐れる不思議な現象も生れた。学校が好きになるのは学校が生徒を甘やかすからで、学校に行くことを嫌う程に学校がビシ〳〵徒に硬教育を施してほしという要求も出た」

上田は右傾化する学園の動きも記録する。自由教育の明星学園が、軍事化する国の流れに従おうとする一群がいたことは記憶しておく必要がある。父母は「学校がビシビシ生徒に硬教育を施」すことを求めたのである。これまで、生徒の自主性を重んじてきた明星の教育方針を否定する流れである。次の上田の文章はそうしたムードをさらに伝える。

「ささやかな教員室の前で『○年○組何某○○先生に用事あって参りました』と大声に怒鳴られた時にはよく驚かされた。普通の声量で普通の事を云えばもっと大きな声で云えと叱られたものだった。質問に対する正しい答は問題でなく『忘れました』『知りません』と特別に大きく発声すると『よろしい』といって誉められていた」

上官の命令に絶対的に服従する軍隊式の口調。これを強いられ、軍国主義教育に染まっていった教師と生徒の姿である。上田は、「随分恐ろしい教育が一時流行したものである」と書き残す。そして、１９４４（昭和19）年1月、太平洋戦争もだんだん酷くなった頃、始業式で「本日より校内は勿論登校下校の際もゲートル着用のこと」という通達があったことに触れている。これは、教練の時につけていたゲートルを、登下校時にもつけろという命令で、軍事態勢の日常化が図られたことを意味する。

その中で上田が覚えていたのは、当時5年生だったKという生徒が、「名状すべからざる不快な顔をした」という違和感であった。上田はKの中に、人間らしい表情を見つけたのだと思う。それは一つの光であった。

自由教育の保持

明星の創立について、上田は希望に満ちた明星の船出は、すぐに戦争を推し進める国家権力との闘いへと姿を変えたと書いている。しかし、上田は、「ただ其の間にも明星は依然として自由教育を堅持して来たと思う」と結論的に書いている。そして、「奉安庫の設置、校旗に対する敬礼、色々な命令指示が引続いたが、どれも実現するに至らなかった」とも書いている。奉安殿とは、天皇の写真（御真影）と教育勅語を納めた建物（1メートル四方くらい）のことで、１８９０年（明治22

年）に「教育勅語」が公布されると、尋常小学校に教育勅語とともに天皇の写真「御真影」を納める奉安所の設置が義務づけられ、これが始まりで皇民教育を図る目的で建てられた。最も神聖な場所とされ、登校する生徒たちは校門を入ると、まず奉安殿前で最敬礼を強要されたという。

上田が書いているのは、奉安庫で、奉安殿とは異なり校舎内に設けられたものらしいが、御真影と教育勅語を安置していた点では同じだった。しかし、卒業生の証言や『90年誌』にもあるように、奉安殿や奉安庫は明星にはなかったようだ。校旗への敬礼もそれに次ぐ命令指導にも従わなかったと書いている。

上田は「明星は依然として自由教育を堅持して来たと思う」と書いたが、しかし明星学園は、戦前に平和教育や自由教育を貫いたと言うことはできないだろう。しかし、押し寄せる理不尽な国家権力から、生徒をできる限りにおいて守ろうとした教師の姿は記憶に留めたい。そして、物事を素直にありのままに観察し、深く理解して、物事の〝本質〟を掴み取らせる教育は、もっと評価されていい。

この教育は、上からの押しつけや、暗記や受験勉強からは得られない。表層の学びではなく、内発的な思考から真理や理想を見つけ出す。確かに時間がかかる。しかし、20年、40年、あるいは100年と長い目で見れば、どこかで果実をもたらすということを記憶に留めるべきだと思う。

自由教育の果実

内野の教え子だった武者宗一郎（2回生）は、上田先生の記憶を「吾々は尊厳おくあたわざる上田先生の額に黒板拭を命中せしめることに成功した最初にして最後のクラスではなかったでしょうか」（前出書中「明星へのお便り」）と回想し、ヤンチャな中学生ぶりを懐かしむ。そんな宗ちゃんも、明星中学を卒業し、研究に励み、立派な科学者になった。彼は分析化学の研究で知られ、『見えざる恐怖、食品汚染――わが子、わが身をどう守るか』などの本を書き、「がんと仲良くする会」の会長も務めたという。

その宗ちゃん曰く「私が今日在るのは明星が自然の中に立ち、自然を真直ぐな眼心とを以て観察させるように教化して下さったからだ」と感謝する。そして、明星精神が自分の中に息づいていると断言する。彼は、科学者らしく、自然現象や事象を素直にありのままに、そして深く理解すること。その大切さを明星で教わり、それが今の自分をつくっていると思っている。

7回生の北原隆太郎は、『上田八一郎先生生誕百年誌』に内野のことを書いている。それは、上田が内野を採用する時のことで、上田について、「朝鮮の人々に同情する詩をつくって官憲に睨まれ、大田中学を追われた詩人新井徹こと内野健児先生を庇」った人だと書いている。上田は朝鮮から追われた内野を明星に迎えたが、内野を庇う気持ちがあったと、北原の中ではそう理解されていた。この文章は北原が中学を卒業して50年後であった。しかし、北原は内野のことも、内野を庇った上田のことも覚えていた。彼には大事な経験だったのだろう。

長い年月を経てもなお覚えていることが人にはある。50年、１００年の忘却の彼方から、人は思い出す何かがあるのだ。今、私は内野を１００年の歴史の彼方から拾い出している。それはきっと意味があることだと信じる。

20.『星雲時代』の復活

一番長く続き、一番親しまれた新聞

さて、内野健児の明星との関わりもいよいよ最終章が近づいた。戦争が終わり、民主主義教育の幕開けとなるが、明星では新しい体制に向けて熱気ある時代を迎えていた。特に生徒の自主的な活動が開花し、いろいろな活動が生まれている。その中で特筆したいのは『星雲時代』が復活したことである。

戦後すぐに、高等学校では『青雲』という新聞が発行されていた。この1949（昭和24）年12月14日発行の『青雲』が資料室に残っている。この新聞は戦後、高校生が自主的に発行していた新聞で、紙面の見出しには「来春より星雲時代に復刊」と書いてある。新聞部が生まれ、なんとその時に『星雲時代』は復活したのである。そこにはこう書いてある。

「社告　来春より星雲時代に復刊

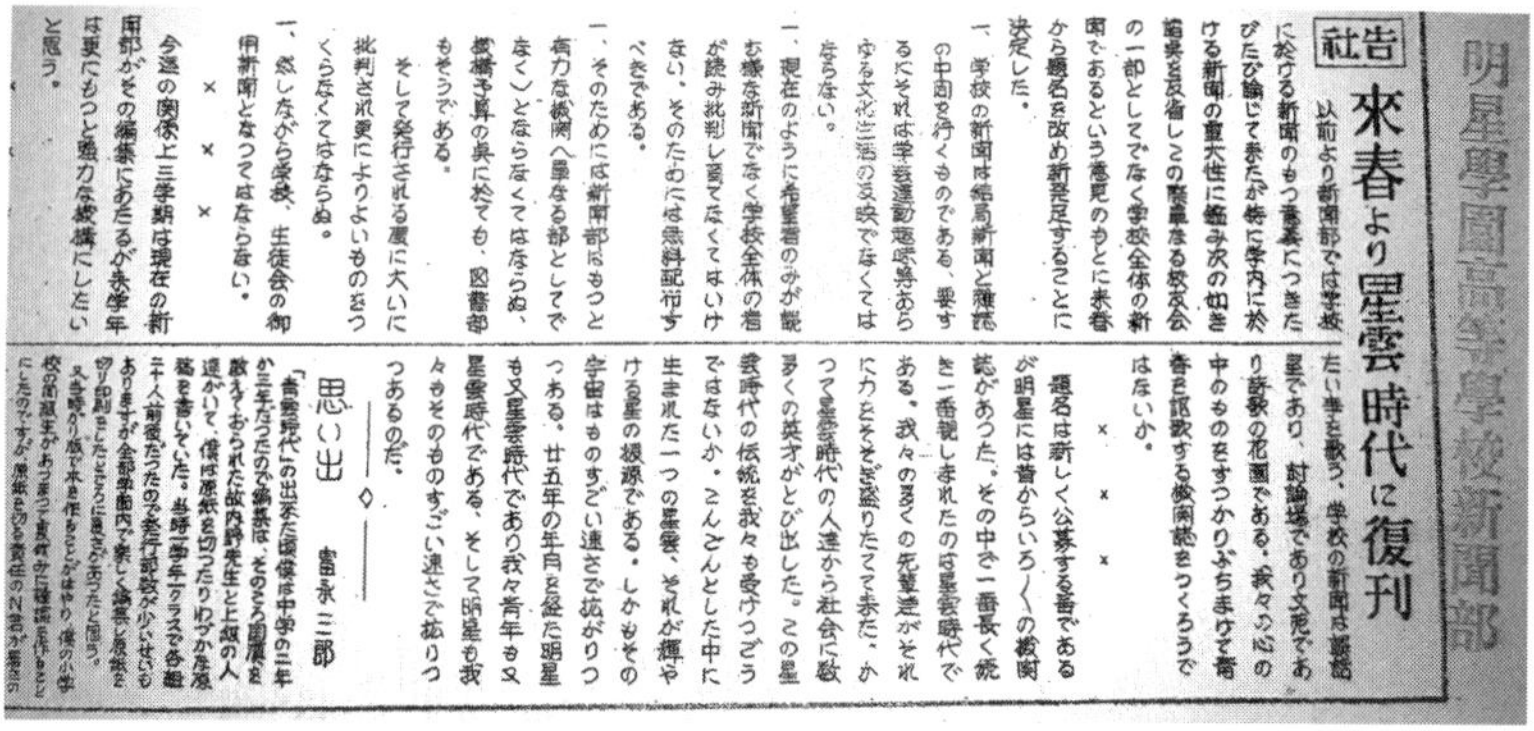
明星學園高等學校新聞部

社告
來春より星雲時代に復刊

以前より新聞部では学校に於ける新聞のもつ意義につきたびたび論じて来たが特に学内に於ける新聞の重大性に鑑み次の如き結果を反省しこの際単なる校友会の一部としてでなく学校全体の新聞であるという意見のもとに来春から題名を改め新発足することに決定した。

一、学校の新聞は結局新聞と雑誌の中間を行くものである。要するにそれは学芸運動感興等あらゆる文化生活の反映でなくてはならない。

一、現在のように希望者のみが読む様な新聞でなく学校全体の者が読み批判し育てなくてはいけない。そのためには無料配布すべきである。

一、そのためには新聞部はもっと有力な機関へ単なる部としてでなく）とならなくてはならぬ。機構予算の上に於ても、図書部もそうである。

そして発行される度に大いに批判され更によりよいものをつくらなくてはならぬ。

一、然しながら学校、生徒会の御用新聞となってはならない。

× × ×

今迄の関係上三学期は現在の新聞部がその編集にあたるが来学年は更にもっと強力な機構にしたいと思う。

たい事を歌う、学校の新聞は議論場であり、討論場であり文苑であり詩歌の花園である。我々の心の中のものをすっかりぶちまけて青春を謳歌する機関誌をつくろうではないか。

× × ×

題名は新しく公募する筈であるが明星には昔からいろ〳〵の機関誌があった。その中で一番長く続き一番親しまれたのは星雲時代である。我々の多くの先輩達がそれに力をそそぎ盛りたてて来た。かつて星雲時代の人達から社会に数多くの英才がとび出した。この星雲時代の伝統を我々も受けつごうではないか。こんとんとした中に生まれた一つの星雲、それが輝やける星の根源である。しかもその宇宙はものすごい速さで拡がりつつある。廿五年の年月を経た明星も又星雲時代であり我々青年も又星雲時代である。そして明星も我々もそのものすごい速さで拡りつつあるのだ。

◇

思い出　富永三郎

「星雲時代」の出来た頃僕は中学の三年か三年だったので編集は、そのころ図画を教えておられた故内野先生と上級の人達がいて、僕は原紙を切ったりわずか原稿を書いていた。当時一学年一クラスで各組二十人前後だったので発行部数が少いせいもありますが全部学内で楽しく編集し原紙を切り印刷したところに良さがあったと思う。

『星雲時代』の復刊を告げる記事　明星学園高等学校新聞部　明星学園資料室所蔵

題名は新しく公募する筈であるが明星には昔からいろ〳〵の機関誌があった。その中で一番長く続き一番親しまれたのは星雲時代である。我々の多くの先輩達がそれに力をそそぎ盛りたてて来た。かつて星雲時代の人達から社会に数多くの英才がとび出した。この星雲時代の伝統を我々も受けつごうではないか。こんとんとした中に生れた一つの星雲、それが輝やける星の根源である。しかもその宇宙はものすごい速さで拡がりつつある。二十五年の年月を経た明星も又星雲時代であり、我々青年も又星雲時代である。そして明星も我々もそのものすごい速さで拡りつつあるのだ」

発行の宣言文だけに、緊張感があり力強い。『星雲時代』を「一番長く続き一番親しまれたのは星雲時代である」と書いているので、全校で一番の機関紙に挙げているのは嬉しい。星をモチーフに、「こんとんとした中に生れた一つの星雲、それが輝やける星の根源である」と、生徒たち自身の誕生や未来にも繋げているようだ。

復刊に際して書いたこの文章は、「明星生活の反映、云いたい事を云い、論じたいことを論じ、歌いたい事を歌う。学校の新聞は談話室であり、討論場であり文苑であり詩歌の花園である。我々の心の中のものをすっかりぶちまけて青春を謳歌する機関誌をつくろうではないか」で、内野が書いた『星雲時代』の文章によく似ている。

内野が『星雲時代』に書いた創刊の辞は、「此処で僕らは云いたいことを云い、論じたいことを論じ、歌いたいことを歌いたいのだ。此処は僕らの談話室であり、討論場であり、鍛錬場であり、文苑であり、詩歌の花園である」だったから、かなり借用している。「云いたい事を云い、論じたいことを論じ」るというのは、自分の思ったことを表現するという、明星らしさが生きている。内野が「座談会」で討論したように、相互に話し合い、批判することによって、さらに成長する過程が、戦後の彼らにも伝わっている。

そして、彼らは「然しながら学校、生徒会の御用新聞となってはならない」と書き、「御用新聞」を否定しているのである。実際、発行に関わった卒業生の松本陽子（20回生）は、この新聞はそもそも、「自主的な活動をしながら自治会機関紙の役も担っていた」と回想している（『90年誌』）。先生やまわりにおもねず、独立した自治会機関であったと書いている。だから、御用新聞などではなく、大袈裟に言えばジャーナリズムの気概があるのだ。戦後の生徒たちは、内野が発行した『星雲時代』の自主自立の精神を、自治会を組織することで、その機関紙として受け継いだことになる。

戦後、日本は民主主義教育が始まるが、明星の場合、戦前からの教えである個を尊重する〝自主自立〟の教育があったから、むしろ、個性尊重、自主自立の教育が戦中の抑圧から解放されて、ようやく復活した、と言うべきではないだろうか。戦前の明星の教育は、戦後の民主主義教育に先行していたと言えないだろうか。

明星学園の再生

田中一水（1954—1965、1968—1989、中高理科）は、敗戦直後、東京の街は廃墟と化し、明星の校舎は「ボロな木造平屋で、破れたガラス窓には竹で補強された油紙を張るしかなかった」「照明もなかった」と回想している。校舎は軍需工場に貸していたこともあって、油臭かったらしい。田中はカーキ色のよれよれの服と戦闘帽を被り、混ざりものの飯にささやかなおかずの入った弁当を持って登校したと書いている（『90年誌』）。敗戦直後は食糧事情がかなり悪かった。

庶民の生活全般は、戦争のダメージを引きずり、それに加えて、アメリカ進駐軍が街に繰り出していた。卒業生の回想によると井の頭公園にはパンパンガール（娼婦）がいたという。

「やがて日本に進駐軍が入ってきた。私たちは学校帰りも友達と大勢で喋り合いながら井の頭公園を抜けて吉祥寺駅へ向かった。春などは池の辺りの緑地に進駐兵がたくさん『パンパンガール』と呼ばれた女性を引き連れて歩いていた。彼らとすれ違いながら駅へ向かって歩いていった。

彼らのための掘立て小屋もたくさん作られていた」(『90年誌』)

日本を占領した戦勝国のアメリカ進駐軍の、やりたい放題ぶりがわかる。それが井の頭公園にまで及んでいたとは衝撃である。しかも、子どもの通学路にパンパンガールとは――。

そんな空気の中、田中は、1948(昭和23)年3月、旧制中学5年を終了し、4月に新制高等学校(現高等学校)に入学している。1年後に卒業し、「古い兵隊服と坊主頭の生活とも、これを機会にお別れとなった」と回想している。敗戦から4年経って、ようやく戦争の傷痕が消えてきたようだ。

そして、「明星はこのときはじめて、創立以来の念願である全園共学の学校として出発したのである」とその喜びを書いている。男女共学は新鮮に映ったようだ。さらに、自治会もでき、文化祭が開かれたと書いている。

文化際は、敗戦直後のどさくさの12月に開かれている。上田の息子である上田八郎(1945―1982、高校長・理科・数学)は、「長い戦争の疲労と敗戦の渾沌状態」の中で、「〝平和〟という明るい灯に、人間らしい人間としての生活が出来るという希望と期待に人々が燃えていた時に、〝明星祭〟が生まれました」と回想する(『90年誌』)。文化祭という一般的な名前ではなく、〝明星祭〟という名前に拘った。徐々にマンネリ化しがちな文化祭だが、当初は相当の期待感で始まったのだ。

上田八一郎は明星祭は、高校では「自治会の自主活動に一任している部分が多い」と書いている。

もちろん先生も時間を惜しまず協力した。かつて内野が、運動会で張り切り、新聞社の社長と言われ、夢中になっていた場面を思い出す。行事は、生徒と教師と父母が一体となり、垣根を越えて楽しむのが、ずっと続く小中学校の明星スタイルだった。敗戦後も、すぐにその伝統は復活したようだ。

新制に切り替わった当時を知る卒業生は、明星の部活について、野球部、美術部、文芸部、演劇部、新聞部などがあったと書いているが、上田は、明星の戦後の復興について、「新学制の基本方針は本学園の創設以来の学園教育方針と何ら変る所なく、万事極めてスムースに移行することが出来たのである」と書いている（『上田八一郎先生生誕百年誌』）。やはり、明星創設以来の教育方針は、そのまま戦後に繋がっている、と上田は考えていたのだ。

明星の創立時、上田は男女共学を実現しようとしたが果たせなかった。これが戦後になってようやく実現したことになるが、共学が上手くいくには、「学校新聞、雑誌編集、其他劇、音楽、体育会、文化祭等に於ける男女協力の機会を出来る限り多く与える事にある」と考えている。そして、男女共学が最も効力を発揮するのは「自治会（生徒会）活動である」と。男女共学でこそなかったが、生徒が力を合わせて自主的に行うことこそ、創立期から明星が大事にしてきたものだ。だからこそ、戦後はすぐに「万事極めてスムースに移行することが出来た」と上田は思ったのだ。戦後の新学制の基本方針は、戦前からすでに明星の教育には内在していた、と言い換えることができるようだ。

戦後の新教育体制と赤井米吉

戦後、赤井に降りかかったことについては、書かないわけにはいかない。赤井が連合国軍最高司令官総司令部（ＧＨＱ）から公職追放を命じられたことである。

新教育制度は、アメリカの占領下で始まるが、戦前の軍国主義を一掃し、民主主義教育に変わった。「軍国主義的および極端な国家主義的イデオロギーの普及を禁止し、軍事教育・教練を全廃すること」（本教育制度に対する管理政策）を日本に示し、平和をめざす民主主義教育が始まろうとしていた。

赤井は、敗戦直後の１９４５（昭和20）年10月、ＧＨＱの教育顧問になっている。赤井と旧知の仲だった前田多門が、これからの教育を考える上で「自由に懇談できる人物を何人か推薦してほしい」とＧＨＱから要請がきて、赤井を紹介したという。前田は、ＧＨＱが来る前の一時期、文部大臣を務め、その後、天皇の「人間宣言」の草案を書いた人物。前田の教育観は、個性を尊重し、「極端な画一主義を教育界から除去し、健全な民主主義、自由主義を育成する」という考えで、赤井とは以前から近い考えをもっていたようだ。

ＧＨＱは、教育政策をつくるために、27名の教育使節団を日本に派遣し、日本の学校を視察してまわったという。使節団は、日本の学校は「極端に中央集権化された教育制度、複線型の学校体系、画一的な詰め込み教育、無条件の服従や自己犠牲」だと分析したそうだ。

この指摘は、「軍国主義的および極端な国家主義的イデオロギー」の押しつけで、日本人が〝無条件の服従や自己犠牲〟という精神をまとっている点に言及していて興味深い。また、新憲法もそうだが、この教育政策がアメリカの押しつけだったと言う批判があるが、実際には日本側も専門家組織をつくって検討し、双方が意見を出し合い、報告書をまとめて新教育の骨子をつくったので、「アメリカから押しつけられたとみるのは一面的だろう」と『90年誌』は分析している。

教育研究者の中野光は、GHQは、「1919年デューイが来日したこと、H・パーカーストらが三度来日し、明星学園園長・赤井米吉らと親しく研究交流したことなども知っていたものと思われる」と書き、GHQが明星に理解をもっていたと指摘している。赤井が教育顧問になったのも、そうした評価があったためかもしれない。アメリカの教育政策は、個人の価値と尊厳を基本とするもので、これは明星の教育方針と共通しているのだから。

しかし、赤井は1946（昭和21）年、公職追放となる。その理由について公文書に次のように記されている。

「戦時中時局に迎合して著書『新世界観と教育』等に於て所謂日本的世界観に基く教育を強調し、全体主義的教育理論を鼓吹した。共同省令別表第1第1項第6号後段の規定に該当。教育職員適格審査委員会」（『90年誌』より孫引き）

公職追放は、GHQの指令により、特定の関係者が公職に就くことを禁止した占領政策で、戦争に協力した「好ましくない人物」と判断された政治家、経済人、言論人、地方の実力者など約21万人が追放された。赤井はその一人だったのだ。追放は罪ではないが、以後、公職に就くことを禁止した。文部大臣を務めた、先に書いた前田多門も公職追放となっている。赤井の公職追放の妥当性について、中野は「立場によって見解が分かれるだろう」とし、「追放令そのもの、あるいはそれに誰が該当し、誰がまぬがれたか、ということをみてみても、そこには矛盾があった。おそらく赤井にも異議があったにちがいない。占領軍内部でも赤井を識るものの中で助命運動をする動きがあったようである」と書いている。

しかし、赤井はあえて異議を申し立てず、いさぎよく教職から去ったという。赤井はその後、一切、教壇に立つことはなかった。「赤井は良心に忠実に生きた」と『90年誌』は書いている。人は〝恥じらい〟をもつことが大事だ。赤井の生き様はそう教えてくれる。

しかし、ある生徒の回想では、敗戦を告げた天皇の玉音放送の後の、明星で行ったある朝礼で、赤井は「戦争に負けたが、しかし日本は変わらず神国である」と挨拶したという。「え?」と思い、ただ正直意外だったとその生徒は続けている。また、『90年誌』の別のところでは「赤井先生は天皇を崇拝し、教育勅語を教育の基本理念とする」と書いている。その点については『世界の教育のうごきをみて』という赤井の本に詳しいとされる。自由教育との関係でこれは大きな問題を孕んでいるが、人は複雑である。ここではこれ以上の掘り下げは試みない。

内野先生、再来

1950（昭和25）年、明星学園は創立25周年を迎えた。その時、盛大な記念式典が行われ、同時に記念誌も発行している。さらに、1955（昭和30）年にも大きな記念式典があり、この時には、物故者を弔う慰霊祭が行われている。「物故した後援者、職員、卒業生、在学生の霊をなぐさめてあげようとする式典は、三十周年式典に先立つ同日の午前十時から小・中学校講堂であげられた」と明星学園PTA会報『三十周年記念号』には書かれている。内野はこの時、明星学園から弔われたのである。その中には戦死した先生や卒業生も含まれていた。

追悼文を読む上田は「声がしだいに乱れてくる。ついに涙声となる。追悼文をもつ手と身体がふるえて」いたそうだ。当時は、若くして病気で亡くなった生徒も少なくなかったし、何より戦地で亡くなった生徒や同僚の教師を思うとつらかったのだろう。

この日、妻、後藤郁子が参列した。後に著名な音楽家となり、『星雲時代』当時から音楽の才能を現わしていた富永三郎が、慰霊祭に来た郁子について書いている。

内野健児の置土産

富永は、「内野未亡人にお逢いして」という文章を寄せ、「内野未亡人は、男でさえ荒い社会の波の中に立派に生きぬかれる覚悟のほどがうかがえました。その反面十二才になられた詰襟服のお坊ちゃんをおつれになってやさしいお母さまです」と郁子の印象を書き、続けて郁子の挨拶文を紹介している。

「明星らしい新しい形式の慰霊祭に列席して、十年前の主人のなくなりました当時が思い出され、感慨無量です」

郁子は明星に感謝する。内野の死後、東京は空襲にみまわれ、郁子は二人の子どもを連れて、東北に疎開した。そして、戦後、東京に戻り、弟の壮児家族の家で暮らすことになる。壮児の妻は、彼が東京の精神病院で過ごした時に知り合った看護師だったそうで、戦後、二人は内野家族を支えた。

後藤は詩人でもあった。生活に追われる中、時間を捻出して詩を書いていた。富永は「机にむかう生活がほしいとしみじみおっしゃいました」という郁子の言葉を引いているが、「これは家庭の雑事に追われる私達のねがいでもあることで、外と内をつかいわけようとなさる御苦心が伺えました」と、家族の雑事に追われる自分ごととしても受け止めている。

郁子は、「新井徹との道」（『全仕事』）の中で、明星に対して深い感謝の念を表し、「この日までの六年間の病中、勤務先の明星学園の諸先生、父兄達、教え子達の変らぬ子弟の情によって私たちは経済的にも守られ」たと綴っている。

一方で、郁子は戦地に赴く若者を憂慮していた。「代る代る見舞われる前後、上級生達は学徒出陣してゆきました」と、見舞いに来た生徒たちが、戦争に取られる理不尽さを嘆いていた。いつ赤紙がくるのか、その予感に怯える若者たち。その中で、最愛の夫、内野が亡くなったのである。大事なものがいろいろともっていかれる時代。我々の先輩たちは本当に厳しい時代を生きていたのだ。

富永は、「内野先生は国漢を担当され、主に課外活動に重点を置かれ、昭和四年から昭和十九年四月十二日なくなられるまで中学校のあばれ坊主の教育に御尽力下さいました」とこの文章の最後を締めている。内野の死から約10年の時を経て、この時、内野は人々の心に蘇った。

先に上田が書いているように、戦後、明星の復興は早かった。ある卒業生はこう回想する。「民主主義とかデモクラシーとか、保守とか進歩的といった言葉も、あるいは学校を抜け出してメーデーに行くとかいうことも、みんな今すぐには考えられない……人間の中身のある姿というものは毎日毎日の長い積み重ねで、自ずと出来上がっていくものではないか」と（『90年誌』）。

戦前と戦後の狭間を経験した、この卒業生の言葉は重い。思想が真逆に変わる狭間に立たされたからだ。戦後になったからといって、すぐに民主主義に変るわけもない。人が変わるには、長い積み重ねによって、自ずと出来上がると言いたかったのだろう。うわっ滑りではなく、真の変革とは、時間をかけて、積み上げていくものだと改めて思う。

内野の足跡を辿りながら、創立から戦後にかけて明星学園の約30年を辿ってみたが、自由教育を目指して実践した明星の伝統は、ある意味、戦後の民主主義に先駆けていたと言えるのではないか。

伝統校として、長い年月をかけて積み上げてきたことの意味を再考したいものである。

内野は、丁寧に明星の教育にかかわった。渾沌の中から星が生まれ、新しい世界にその軌道を占めるように、生徒一人ひとりが真理の使途として輝くようにと願った。そして「ただ自分一人のものとして喜び、苦しむのではなく、学園の友達同志が相扶け相励まして、よりよい自己と社会に発展させてゆきたい」と展望した。大事なのは、自己はもちろん、他者も同じであり、それを含めた社会である。

これは内野の大きな置土産である。

21. 加藤哲太郎①——私は貝になりたい

映画『私は貝になりたい』のモデルになった人物は、明星の小学校に在籍していた加藤哲太郎である。厳密にはモデルではないが、彼が刑務所で見聞きした記録に基づいている。明星学園小学校を卒業した加藤は、もしそのまま中学に進学していれば、内野の教え子になった年齢であるが、中学は別の学校に行ったため、内野と加藤には接点はない。しかし、その後の加藤の数奇な運命を、照井と明星の生徒たちは支えたのである。加藤を支えた親友の岡崎健児は、『星雲時代』にも文章を寄せる内野の教え子であった。その〝共働〟の姿を2節だけつけ加えて最後としたい。

B級戦犯、加藤哲太郎

小学校で教えていた照井の文章の中に、「T・K君への手紙」という不思議な記録が残っている

（『赤井・照井両先生生誕百年誌』）。しかも、手紙の中には明星の生徒も出てくるが、イニシャルで書かれている。

この手紙の補注にはこう書いてある。

「T・K氏について

照井学級の一員、第二次大戦中、応召した予備士官。連合軍俘虜の収容所長を勤めた。終戦時、部下と共に戦争犯罪人として占領軍に捕われることを予知して、部下に起訴事実のすべては所長の命令であると答弁するようにいい含めて、一人逃亡していたが、占領末期の激しい追求を受けて遂に捕えられた。

横浜B級裁判所に於て絞首刑を求刑されたが、終身刑に減ぜられ、その後釈放された。この手紙と嘆願書は、T・K氏の戦犯裁判中のものである」

「連合軍捕虜の収容所長」だった、「B級裁判所」で絞首刑を求刑された、などから加藤哲太郎だとわかる。明星会名簿を見ると、加藤は明星の小学校を昭和4年3月に卒業している（第2回生）。同じ年に卒業した生徒は10名。そのまま中学校や女学校に入学した旧友も多く、茶郷喜久子（のち出口喜久子。昭和9年3月卒業。旧制高等女学校第2回生）、岡崎健児（昭和8年3月卒業、旧制中学校1回生）、有馬純勝（同2回生）、坪田正男（同2回生）らが、この数奇な運命を辿る加藤を支えることになる。とりわけ、明星の創立期を支えた茶郷氏の娘だった喜久子との交流は深く、初恋の人だったという記述もある。岡崎は後に軍人となり、新潟収容所長時代の加藤に会いに行っている。有馬純勝は、敗戦後に逃亡した加藤をかくまっている。有馬も坪田も内野の教え子で『星雲時代』にも記事が見られる。

照井が加藤に宛てたこの手紙は、1949（昭和24）年に書かれている。そこには、裁判の見直しについて書かれており、YとA、Yちゃん、O、T、Aなどのイニシャルが見える。照井の家に集まった、加藤を支援する仲間のことらしい。手紙は「巣鴨プリズン」宛てになっている。戦犯を収容していた刑務所である。現在の池袋サンシャインシティはその跡地に建つ。手紙はここに収容中の加藤に送られた。

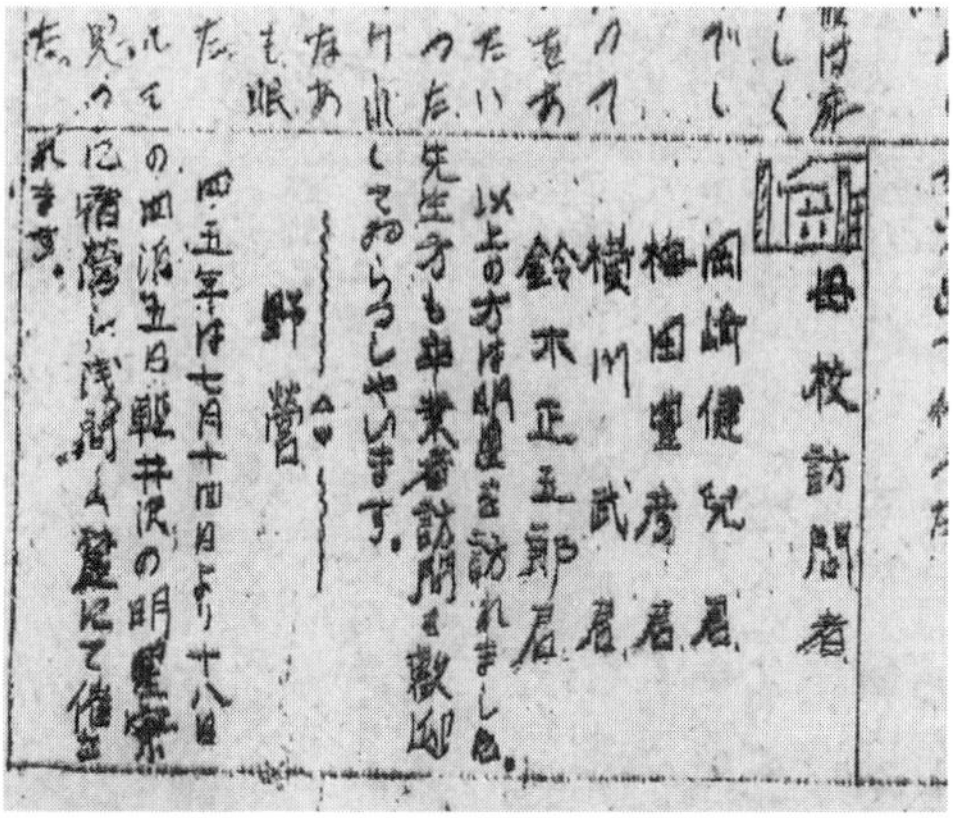
母校訪問者
岡崎健児君
梅田豊彦君
横川武君
鈴木正五郎君
以上の方は明星を訪れました。先生方も卒業者訪問を歓迎しておらっしやいます。
野営
四五年は七月十四日より十八日の四泊五日軽井沢の明星寮

岡崎健児卒業後、母校を訪問の記事　『星雲時代』11号
明星学園資料室所蔵

この手紙が来る前の1948（昭和23）年、極東国際軍事裁判により、東條英機ら7名が死刑執行されている。加藤は、B級戦犯として絞首刑を宣告され、執行の日を待つ身だった。しかし、加藤は、仲間らが裁判のやり直しを求める請願運動を起こしたため、再審になった。照井の手紙はその再審を伝えているのだ。実際、GHQは1949（昭和24）年5月16日、加藤に再審命令を出している。加藤の友人が照井を訪ねて報告したというのは、その二日後になる。

巣鴨プリズンでは、GHQの検閲があり、そのため、

手紙にはイニシャルが使われたのだろう。加藤は約10年もこの刑務所に収監されたが、その間、書いていた手紙が20通だけ残されている（『私は貝になりたい――あるＢＣ級戦犯の叫び』）。そこには、照井先生や明星の生徒たちが加藤を支えたという記録がある。この手紙もその一つだった。

慶応大学卒業後、満洲へ

加藤は、明星の小学校に４年生から入学した。その後、関東学院の中学校に転校している。そして、慶応大学の経済学部を卒業し、満州の最大手の国策会社に就職する。そして、兵隊に招集されて軍隊に入ることになる。ここから彼の運命が逆回転していく。

中国戦線の場面は、『私は貝になりたい』のドラマでも描かれている。中国人の名もなき農民を、反日分子だと言って射殺する衝撃的な場面である。ドラマとは異なり実際は、加藤は中国語がわかったことから、この中国人は抗日分子でなく、「自分は農民だ」と叫んでいると聞き取る。それを上官に言うが、上官はかえって逆上し、別の兵士に射殺を命じたのだ。加藤は間一髪で殺人を免れたが、自分の罪悪感と向き合うことになる。その後、優秀だった加藤は英語もできたこともあり、日本に戻り、捕虜収容所に配属されることになる。

捕虜収容所所長と死刑判決

加藤が任務に就いた収容所は、栃木県の日立鉱山にあったオランダ軍捕虜収容所と、東京、新潟の3か所である。そして、新潟の捕虜収容所の所長時代にことは起きる。

先に挙げた加藤の本には「横浜軍事法廷における判決文」と起訴理由が転記されている。詳細は省くが、起訴理由は「戦争法規および慣習に違反した」として、その理由を起訴状（一から四）に記している。

要点だけを抜き出すと「被告加藤哲太郎は、フランク・スピヤズ（アメリカ軍捕虜）を積極的かつ不法に銃で突き、さらに部下に命じ指揮して同捕虜を銃で突かしめたため死亡させるに至った」とあり、続いて、カナダ軍捕虜、イギリス軍捕虜ら複数捕虜に対して、ゲンコツでなぐった、人事不省になるまで蹴った、視力を失わせたなどの虐待を行ったとしている。

これに対して加藤は「各起訴状および起訴理由に対し、無罪」と答弁している。加藤は一切、こうした行為をしていないと答えたが、裁判長は絞首刑を言い渡したのである。

逃亡生活

この死刑判決が出ると、すぐに加藤を救出する請願運動が起こる。しかし、その前に、逃亡した加藤の顛末を書いておきたい。

１９４５（昭和20）年8月15日、日本は降伏した。その時、新潟捕虜収容所にいた加藤は、収容所を脱出している。その理由が問題だが、加藤本人は「坂本大佐（仮名）は、私と、東京本所の横田軍曹に逃亡を命じました」と前書で書き、その点、研究者の内海愛子は、上層部は捕虜の取扱いが占領軍に追及されると予測し、隠蔽工作をしたと解説で説明している。つまり、捕虜を虐待した人を逃がし、証拠資料は廃棄しろと命じたのだ。焚書坑儒である。おそらく上層部が判断し、所長を逃がしたのだろう。それなら、加藤が「坂本大佐（仮名）に命じ」られたという内容と一致する。日本人の捕虜の扱いは酷く、日本は負けが濃厚になるにつれて、虐待容疑で捕まることを予測していた。実際、敗戦を認めた「ポツダム宣言」の調印には、戦争犯罪人の処罰が降伏条件の一つになっていた。

一方、妹の不二子は、加藤が「罪は自分一人が引き受けるから、すべては加藤の責任だということにして、皆は助かれ」と言ったのを、家に立ち寄った加藤から聞いていた。照井も不二子も、加藤は自分が責任をとると言って、部下を守ったと思っていたのである。しかし、真相はよくわかっていない。

加藤を助けた親友岡崎

所長だった加藤は、果たして捕虜を虐待したのだろうか？　彼の独白や不二子の調べなどから、裁判の判決文とは異なる事実がわかっている。次に挙げる、明星学園の同級生だった岡崎健児とのエピソードを見てみよう。

岡崎は、新潟の航空隊に所属し、不二子の回想によると、岡崎大尉は、応召で新潟飛行場に来て、加藤と連絡を取ったとある。明星の小学校の同級生だった二人がともに軍人となり、新潟の地で再会したのである。二人は28歳になっていた。その時、「潜水艦を利用して青森方面から魚を入手する」ために力を合わせたというのだ。魚は栄養失調の捕虜に向けて、動物性たんぱく質を確保するためだった。捕虜は冷遇され、食料もろくろく与えられていなかったのである。そもそも、加藤が新潟に行かされたのは、捕虜が虐待されていたという事実があったからで、加藤は、関東学院時代の恩師、多田貞三に宛てた手紙でこう書いている。

「六十人以上もの俘虜が死んだ新潟収容所は、日本最大の収容所でした。国際赤十字社が新潟を見せてくれと、東条に申し出ているが、今は見せるわけにはいかない、見せられるように至急改善せよ……。こんな理由で、一番有能であると思われていた私が新潟収容所長に任命されました」

東条英機が拒んだというが、実際、収容所は見せられる状況ではなかった。加藤は、60人もの俘

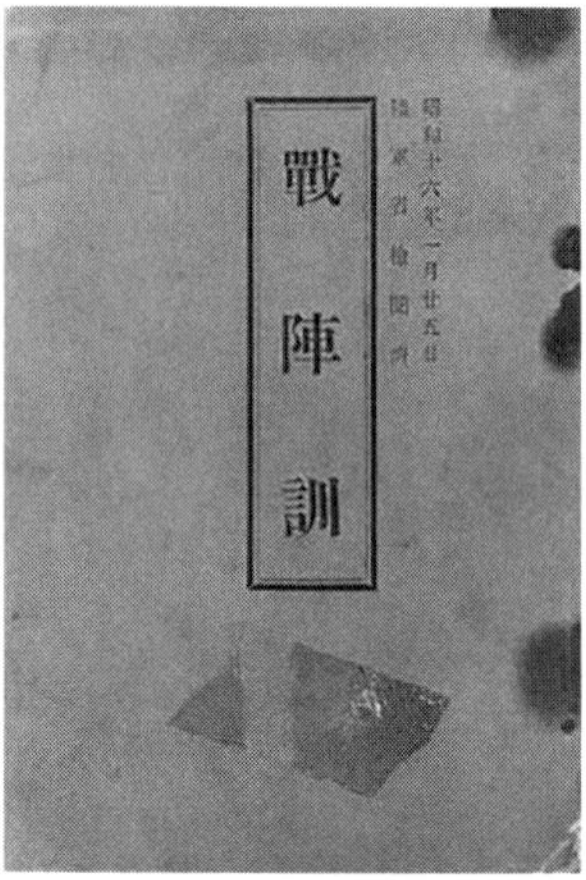

『戦陣訓』著者撮影　東京都復興記念館所蔵
＊戦陣訓の解説「陸訓第一号　本書ヲ戦陣道徳昂揚ノ資ニ供スベシ　昭和十六年一月八日　東篠英機」と記されている。軍隊手帳のなかで多くのページをしめていたのがこの戦陣訓である。特に「第八名を惜しむ」の項には、有名な「生きて虜囚の辱を受けず、死して罪禍の汚名を残すこと勿れ」と記されている。

虜が死んだ理由を「食糧不足、重労働、ストーヴがなかったからなのです」と書いている。ストーブについては、「規則では俘虜は日本兵と同じ待遇が与えられる」とあるが、実際には寒い部屋に収容されていた。人間として与えられる権利は蹂躙されていたのである。

実は捕虜に対する冷遇は日本独特のものだった。本来、捕虜は「ジュネーブ条約」の「俘虜の待遇に関する国際条約」で保護されるべきと決められていたが、日本はこの条約に署名をしたものの、批准はしていなかったのである。

日本の軍人は捕虜の扱いをそもそも教育されていなかった。戦場で携帯していた「戦陣訓」は、戦場での心得などを書いた文書で、1941（昭和16）年に陸軍大臣東条英機が全陸軍に配った。そこには「生きて虜囚《りょしゅう》の辱《はずかしめ》を受けず」という一節が書かれていた。捕虜になることは軍人としての恥であった。捕虜は人間の恥であり、捕虜には何をしてもいいという考えが生まれてもおかしくない。日本人の捕虜虐待の根っ子は深い。しかし加藤は、捕虜を大事にしていた。捕虜のためにストーブを造ろうと苦心したり、捕虜に対する「所持品及び身体検査」を廃止したとも書かれている。

内海氏は、捕虜は「三五・九%という高い比率で死亡した」と書いている。加藤のように捕虜の命を優先した所長がいなければ、もっと死者は多かったかもしれない。不二子は「職務とはいえ自分の責任の範囲を越えてまでも預かった俘虜を大切にし可愛がっていた」と哲太郎を讃える。そんな加藤に軍人だった岡崎もまた力を貸したのである。

加藤を助けた有馬と妻

加藤は〝篠原〟と名前を変えて逃亡していた。逃亡中の加藤を助けたのは明星学園の同級生だった。さらに、この逃亡中に最愛の妻にも出会っている。

逃げ場を探す加藤は、岡崎が仙台にいることを知りそこを訪ねている。半年間、岡崎の農業を手伝い、「いまわしい過去の一切を忘れようとした」と書いている。しかし、警察は「傷ついた獲物を追う猟犬のように」加藤を追う。加藤は仙台を去り、各地を転々とした後、再び岡崎の父の世話で仙台の農家に2週間滞在している。しかし、東北地方に警察の手が伸びると、西村善男と名前を変えて、土方仕事で浮草家業を続け、飯場などに紛れ込んでは身を隠して暮らした。

そして、ある日、明星の小学校時代の旧友、有馬純勝を訪れる。有馬は上海から帰ったばかりで、まだ警察の手はまわっていなかった。おそらく、加藤の周辺の知り合い、そして明星の友人らもマークされていたのだろう。実際、加藤の家族には相当の捜査の手が伸びていた。加藤は、指名手配中の逃亡犯であり、懸賞金すらかかっていたという。そんな加藤を有馬はかくまった。そして、この有馬宅で妻となる女性と運命的に出会うのである。

彼女は親友、有馬の知人だった。「園芸の実習で日にやけた、健康そうなズボン姿のつつましい女子学生」で、「真理を探究するひたむきの純情」さに触れると、加藤はこの女性に一目惚れ。身の上をすべて打ちあけたという。すべてとは、加藤が逃亡犯であることで、彼は「捕まれば、これなのですよ」と頸に手を当てる真似をしたという。しかし彼女は「かまいません、それまでの日を有意義に暮らしましょう」と答えた。逃亡犯との結婚に「かまいません！」と言い切る女性の覚悟は、何もかも捨てられる激しい思いである。しかし、現実には加藤の死刑は迫っていた。戦犯裁判の判決が続々と新聞に載り、加藤の知る名前が、絞首刑、無期、40年、30年の刑で処せられていった。

そして、加藤は、自分の部下たちが軽い刑で済んだことを喜んでいる。それは加藤の「筋書き通り」だったというのだ。つまり、加藤は「捕まったら加藤に命じられたと言え」と部下に命じた。そのため、罪が軽くなったのである。加藤は自分で全責任を被って部下を助けたことになる。しかし、この時、同時に、自分は責任を問われ、死刑は免れないと悟った。所長として部下の責任を引き受けた加藤の責任感は、人間として尊い。少なくとも部下に責任を押しつけて、自分の罪を逃れ、自分だけ助かろうとする上官とは全く違う。

加藤は大きな澄んだ瞳の持ち主だったという。〝真理を探究するひたむきで純情な〟目の福子は、加藤の瞳をじっと見つめた。他のすべてを捨ててもよい、激しいものが福子を惹きつけたのだろう。これが二人の出会いであり、結婚だった。

嘆願運動始まる

しかし、逃亡中の加藤が逮捕される時は来た。マッカーサーの犬どもが7、8人、夜の8時頃に自宅に押し入った。その時、妻、福子は大きなお腹を抱えていたが、彼女は少しも取り乱さず、曳かれていく加藤に細かい心づかいをしたという。そして、加藤が軍事法廷で絞首刑の判決を受け、東条英機らA級戦犯らが処刑される中、「月足らずの女子」を出産する。福子の動揺しない姿には、逆境の加藤と結婚した覚悟のほどが伺える。福子は、冷静な裁判さえ行われれば、加藤は助かると信じていた。その信念は加藤よりも強かったという。

加藤に絞首刑判決が出ると、すぐに彼を助ける嘆願運動が始まり、彼を知るほとんどの人々、そして知らない人々まで立ち上がったという。父の友人の片山哲、賀川豊彦、当時アメリカに亡命していたトルストイの三女、トルスタヤも立ち上がったという。トルスタヤは加藤の父、加藤一夫が『トルストイ全集』（春秋社）を出したことから、縁があったのだろう。彼女は感動的な嘆願文を書いて法廷に送ったと伝えられている。明星の友人らももちろん立ち上がった。照井の手紙にあったローマ字の友人はその人たちだったと思われる。

裁判の再審が実現したのは、妹、不二子の力が大きかったようだ。彼女は証拠探しに奔走し、新潟まで行って裁判の鍵となった捕虜スピヤズについて聞き取りを重ねた。そして、兄が無罪だったことを突き止めたのである。

その時、〝貝の中〟に籠り、あきらめかけた兄の背中を押して、嘆願の手紙を書かせたのは不二子だった。不二子は、新事実をふまえた嘆願書を英訳してもらい、皇居前にあった第一生命ビルのGHQ本部を訪ね、何としてもマッカーサーに会いたいと押しかけた。実際には会えなかったが、嘆願書は届けられ、5月16日に、マッカーサーから裁判のやり直し命令が下されたのである。

加藤に手紙を書く明星生

加藤が獄中から家族に宛てた手紙は20通、残されている。その中に、度々明星の名前が出てくる。例えば、「坪田正男君の応用心理学会への報告書の事が読売に出て居ましたよ」は、読売新聞に載った坪田（童話作家、坪田譲治の息子）の消息。「僕の助言が欲しい時は岡崎健児、出口喜久子両氏とよく御相談下さい」と妻、福子に宛てた手紙がある。岡崎は、新潟時代、逃亡中に世話になった明星の親友のこと。岡崎への信頼はかなり厚いことがわかる。「出口喜久子氏は巣鴨に這入ってから手紙をくれた唯一人の他人です。平凡な三児の母となって居る様ですが、僕の事を十年昔と同様心配して呉れる親友です。（中略）きっと有益な君の友人になってくれるだろうと思います」と福子に書き、住所を教えている。出口は明星創立に貢献した茶郷氏の娘で、他のところでは、喜久子には「今でも（1974年時点）一年に数回は小学校のクラス会で会っています」と書いている。岡崎、出口は特別な存在で「君の良き友となるだろう」と福子に書き、最愛の妻にもっとも信頼に足る人物を紹介しているのである。

他にも、「有馬君が何かとからかうそうだが」という記述もあり、有馬と妻の福子は心許す関係だったのだろう。「明星の連中にはどうか宜しくお伝え下さい」や、「中井よみ」（女子2回生）「佐藤永遠子」（同）という名前も見える。照井は、先に挙げた一通だけでなく、長い手紙を何通か加藤に送っていたようだ。その手紙が残っていないのは残念である。

こうして、父の知り合いや、家族、友人らに支えられた請願運動が、GHQを動かし、加藤は、絞首刑を免れた。そして、禁固30年の減刑を経て、1958（昭和33）年に残りの刑を免除されて、ようやく加藤は釈放されたのである。裁判のやり直しが決まった1949（昭和24）年から9年も経っていた。ほんとに長い獄中生活だった。

後に加藤は、自分の上官について、「下に重く上に軽いのが戦犯裁判でした。その後のことですが、俘虜管理の最高責任者、俘虜管理部長の○○中尉はたった八年で済みました」とも書いている。また加藤に逃亡を命じた、上官の坂本大佐は、加藤が被ったスピヤスの事件の責任を免れていること、十指に余る死刑首を部下から出していながら無期で済んだ、と書き残している。加藤は「大物はゆうゆうとして自適し、雑魚ばかりが引っかかる。これが戦争裁判の実相だ」とも断じた。

上官の罪は軽く、部下を助けた加藤は絞首刑。つまり、国際軍事裁判は、「下に重く上に軽」かったのがわかる。加藤は、「想像以上に酷い裁判で、一人でも多くの日本人を戦争犯罪人にすることを望んでいたのがＧＨＱだった」「判決が正当と考える戦犯は一人もいなかった」とも書いている。この裁判の裏には、日米の政治レベルでの深い闇が横たわっていた。

22. 加藤哲太郎②——明星学園礼賛

映画のモデルは赤木曹長

10年近い拘留の間に、加藤はかなり多くの文章を獄中で書いている。年譜によると1951（昭和26）年頃から獄中にて著作活動を始めるとあり、その前後、猛烈な勢いで勉学と思索を積んでいる。巣鴨プリズンは、英訳して本部でチェックという厳しい検閲があったが、受刑者に自由な勉学や余興などを与えていた。受刑者は『すがも新聞』も出していた。

彼が書いた「狂える戦犯死刑囚」「戦争は犯罪であるか」「私達は再軍備の引換え切符ではない」という文章は、戦争や収容所の悲劇がリアルに書かれ、背筋が凍るような場面も描かれる。「私はなぜ『貝になりたい』の遺書を書いたのか」「恩師への手紙」には、彼の内省的な側面が見てとれる。特に「狂える戦犯死刑囚」は貴重で、内容は獄中で出会った赤木曹長という死刑囚の手記である。実はこれがドラマ『私は貝になりたい』の元になったのである。

この赤木の手記が世に出たのは、実に奇跡だった。ある時、加藤は刑務所で偶然紙切れを見つける。そこには死刑囚の赤木が書いた文字が並んでいた。加藤はその文章を聖書に書き写し、紙切れはバレないようにトイレに流した。間一髪で文字化され、そして、フランキー堺や中居正広主演の、ドラマ『私は貝になりたい』となり世の知れることになった。また、「私は貝になりたい」と言ったのも、実はこの赤木という人物だった。

赤木の手記に書かれた「貝になりたい」とはどういう意味か。兵隊にとられた彼は「天皇は、私を助けてくれなかった」と、天皇への全否定を書き連ねた。赤木は戦争を「人間にいじめられます」と書く。そして、誰もいない海の底の〝貝〟になれば「兵隊にとられることもない」「どうしても生まれかわらなければならないのなら、私は貝に生れるつもりです」と書いた。それがこの有名な一節となった。戦争中に言えなかった天皇批判と、戦争批判を、絞首刑台に立つ最期の最期に、赤木は書き記したのだ。

ドラマや映画の『私は貝になりたい』は、主役や内容が少し異なる複数の作品があるが、大筋の内容に違いはない。その中で、加藤を主人公にした作品が一つあり、中村獅童が主人公を演じている。前二作では主人公は床屋だったが、獅童のは床屋ではない。加藤は「私と床屋の清水君とではあまりにも異なった生活環境にあった」とこの点に触れているが、加藤はおぼっちゃん育ちだった。

この作品は広く国民に知れ渡った。そして、GHQによる国際軍事裁判の理不尽さを世に知らしめた。つまり、非力な一兵士が理不尽に絞首刑となり、BC級裁判がトカゲのしっぽ切りのように罰せられたこと。A級戦犯に甘く、BC級戦犯に罪を被せた裁判の不合理性を暴いた。また、この裁判が戦勝国が敗戦国の日本を一方的に裁くもので、GHQ裁判がもつ問題点に国民が気づくきっかけにもなった。

再び戦争への道

加藤は、1948（昭和23）年頃に、「アメリカには、ソロソロ景気変動の下降の兆しがあるじゃない？　三四年で又戦争が始まりそうだ、僕にはその時の有様が眼に見える様だ」と書いている。この頃から世界情勢が再び様変わりし、1950（昭和25）年6月に朝鮮戦争が勃発した。また戦争が始まるという加藤の予想は的中した。しかも、続いて7月には、自衛隊の前身となる「警察予備隊」が日本で創設されたのである。戦犯の加藤が、戦争の罪を裁かれているさなかに、再び戦争が身近に起き、日本の再軍備の動きが出てきたのだ。戦争の実態を知る加藤は、「僕にはその時の有様が眼に見える様」と書く。戦争が起きれば、再び起きる戦場も、捕虜虐待も、収容所も、その悲劇的な場面もありありと目に浮かんだのだろう。

続いて7月にサンフランシスコ講和条約が調印されると、加藤は「私達は再軍備の引換え切符ではない」を『世界』（岩波書店）に投稿する。筆者名は「一戦犯者」として名前を隠した。世間では誰が書いたのか、と大騒ぎになり、特に加藤となぜか敵対していた笹川良一らは犯人探しに血道をあげたという。タイトルにある「私達は再軍備の引換え切符ではない」の〝再軍備〟は、吉田茂総理が、警察予備軍を創設したことを指している。朝鮮戦争時に、アメリカの軍事力の空白を埋めるため、マッカーサーは吉田総理に創設を指示した。警察予備隊は、警察力の増強ではなく、小型陸軍の建設を目指したとされ、１９５２（昭和27）年には保安隊に、１９５４（昭和29）年に自衛隊となっている。それ以降の軍隊化の流れは今に繋がっている。

「引換え切符」というのは、日本が戦犯の減刑や釈放を条件に、日本の軍事化をアメリカが了承したことを指している。サンフランシスコ平和条約第11条に基づいて、日本は１９５２（昭和27）年10月までに全戦犯の赦免と減刑勧告を旧連合国に行っている。加藤はそれを自分たちが戦争の「引換え切符」になると批判したのである。加藤の軍備反対のこの文章は物議をかもしたが、それほど、日本の軍事化に賛成する勢力が強かった証でもある。原爆まで投下され、あの残虐な戦争が終わって間もないというのに。

いずれにしろ、加藤らＢＣ級戦犯は、減刑か釈放されることになったのだ。しかし、再び戦争に向かうことを加藤は察知し、怒りを込めて反対したのである。

戦争は真の反省こそ必要

そもそも、巣鴨プリズンには奇異な来歴がある。戦前には政府に抵抗し、戦争反対を叫んだ思想犯が拘留され、戦後は戦争の罪を問われた軍人らが投獄された場所だ。戦争反対者と戦争遂行者が投獄され、処刑された場所。それだけでも矛盾している。内野のような戦争反対者が処罰される必要はなかったのである。

加藤は戦争の反省について厳しい見方をしていた。「戦争は犯罪である」ということは、いくら強調しても、「強調しすぎることにはならない」と書く。「ウッカリすると、夜叉や阿修羅の魂を他人がいれてしまうかもしれない」と戦争は繰り返す危機感をもっていると書く。では、何が必要なのか。加藤はこう続ける。

「ほんとうに戦争をにくみ、平和を愛するならば、自分の体験した戦争を、あなたの犯した戦争犯罪をバクロすること、平和を愛する国民のまえに、自分の犯したあやまちを発表する勇気を、戦争犯罪を犯したすべての人に要求したいと思う」（「戦争は犯罪であるか」）

加藤は、体験者が「戦争犯罪をバクロすること」が必要だと書く。人は、どんなにひどい体験をし、罪を犯しても、〝貝〟のように口をつぐまずに、告白する勇気が必要だと言うのだ。実際、加藤は、戦争中に行った自らの罪を告白する。

「私は魂を悪魔に売った」

加藤は中国戦線と捕虜収容所時代に、自分の行った罪を吐露している。中国戦線で加藤は初年兵の実践的訓練で連れ出され、八路軍という嫌疑で捕まった10人くらいの中国人捕虜の処刑を命じられる。その時、中国語が少しわかる加藤は、「八路軍ではない」と言っている捕虜に「もう一度調べてくれと言っている」とD中尉に叫んだ。しかし、D中尉は「天皇陛下の命令だ。命令を守らなければ戦争はできん」と言い放ち、加藤の目の前で殺されるのである。少年は死ぬ間際に「母さん」と叫んだという。

加藤はひっこんでろ、と中尉に言われたため、手を下さずに済んだが、「殺せと」と命じられたら逃げられなかったと回想している。しかし、加藤は「このおそろしい恥ずべき体験で私の神経は狂い、すっかり人間が変わった」と告白している。この瞬間、正常な理性は失われたというのだ。また、捕虜収容所では、「規則を破った俘虜をなぐったことがある」と白状し、ある出来事がきっかけでやはり豹変した自分を語っている。その詳細は省くが、結果的にアメリカの捕虜、マーチン大尉をなぐり倒し、足蹴にしたと白状している。そして、その時「私は魂を悪魔に売ったのでした」と書いている。暴力や虐待が横行する中にいると、人は自らもそれに加担していく。魂を悪魔に売ってしまうのだ。

加藤は、捕虜を守ろうとしたのだが、気がつくと、捕虜を足蹴にしていた。彼は、その自分を恥じ、罪を認めている。戦争や拘留中の集団狂気の中で、人間がいかに変っていくのか、まさに狂気と化す反理性の実態、この悪魔的な真実こそ伝える必要があるのではないか。だから、加藤が言うように、体験者はもっと事実を話すべきなのだ。

仕方がないは責任の放棄

言い換えれば、戦争による自らの罪を断罪することなしに平和は語れない。なぜなら、人は自ら罪を犯しても、すぐにそれを他人のせい、上司のせい、国のせいに置き換える。加藤は「自分があんなことをしたのは仕方がなかったというより以上には考えない。あるいは考えようと欲しない人たちは、またいつの日か、強制されて軍隊にとられたら、また同じ過ちをくりかえさないだろうか。大きな疑いが持たれる」と書く。そして、「恐らく、その人はまた同じ過失をくりかえすに相違ない」とまで書いている。

加藤は、軍国主義から民主主義に変わり、再び戦争に逆行する流れを見てきた。まるで掌を返すようにころころと変わってしまう人間たち。人間のもつこうしたあやふやな本質を戦争中に見つけ出した加藤は、戦争についての正しい反省こそが重要だという結論に到着したのだ。

加藤は、家族に宛てた手紙の末尾に「不孝ものの哲太郎より」と度々書いている。また、お世話になった明星学園にも「母校の名誉を汚したこの私」と書いている。加藤は自分を恥じていたのだ。法律で裁かれるかどうかではなく、自らが自らの罪を自覚し、そして断罪する。罪を恐れ、恥じて語らずではなく、人間として正直に〝正しく〟恥じること。『堕落論』を書いた坂口安吾風に言えば、「正しく落ちる」ことが人間には必要なのだ。

明星礼賛

加藤は獄中から家族を励まし続けた。その手紙は加藤の人柄を伝え、涙を誘う。
「時が経つにつれて悲しみは限りない楽しみに変って行くものだ、これは確実ですよ。大きな気持ちになりましょう、君は新しい生活に進む、僕は生きて居る限り君を愛し続け、思い出に生きて行く、一日一日を人間らしく生きて行く、単純に化して行く偉大なる純化である」（書簡六、妻福子母子と家族へ宛てた心境の告白）
苦労した経験から滲み出る洞察の効いた名文である。苦しい獄中の生活と、帰りを待つ家族。その苦労は計り知れない。しかし、加藤は、悲しみは去り楽しみが来ると書き、一日一日を人間らしく、人に優しく生きていくことを願う。その営みは「単純に化していく」営みであり、「偉大なる純化」だと昇華する。欲望に捕らわれず、他には何もいらない。命と愛情だけの、清浄にして純化された美しさだけを求める生活である。
そして、明星は加藤家に愛情を注いだ。加藤が獄中で暮らす、その大変な時期に、家族を支える妻の福子を、明星の教師に迎えたのである。教員名簿によると、加藤福子の名前で、１９４９（昭和24）年から中学校（実際は高等女学校か？）に勤めたとわかる。これは照井の取り計らいだったと思われるが、加藤はこう書いている。

「私は家族の生活の苦しみは考えないことにしました。物事が割り切れ出したのです。妻子のことを考えても頭は痛みませんでした。都下吉祥寺の明星学園高等学校に妻の職が与えられました。妻は子供をおぶって教壇に立ちました。明星学園は私が小学校の時、わずか三年ばかり学んだ学校でした。その母校の名誉を汚したこの私をさえ、恩師、旧友の人々は温く寛容されて、私の妻に職を与えて下すった。今はただその厚意を甘んじて受け、私は安心して自分自身の修養の道にいそしんでおりました」(「私はなぜ『貝になりたい』の遺書を書いたか」)

加藤の困った様子を見かねて、元気な福子を明星の教員に呼んでくれたというのだ。明星は加藤家に味方した。そこには加藤の人間性への限りない礼賛があった。「T・K君への手紙」で照井は、「君が罪状としてとり上げられたような残虐な行為をする性格の持主とは思って居ない」と書いた。そして、その加藤の性格が「却って日本人や軍部側から誤解され」、不利に働いたのではないかと疑い、加藤は「強い責任感と純情な人間性を持った」人であると万全の信頼を寄せている。戦犯として母校の名誉を汚したと恥じ入る加藤だったが、加藤の仲間はみじんも思っていなかっただろう。

加藤は、娘に祈子《のりこ》と名づけた。自分の真実が証明されることや、平和な世の中を〝祈る〟気持ちでつけたのかもしれない。家族に宛てた手紙は、祈子を愛する気持ちに溢れている。そして、加藤はこう書いている。

「僕の死後、僕を愛し続け得る限り、ジュゲム(娘のこと)を愛し教育して下さい。学校は明星学園へやって下さい。死刑戦犯の子もノビノビ育つ学校は他に考えられません」（書簡四、昭和24年1月4日付の家族全員に宛てた既決第二信）

そして、明星の親友だった岡崎健児、出口久喜子とよく御相談下さい、と続けている。加藤が明星に娘を預けようとしたのは、この苦難な時代を明星の人たちがずっと見守り、助けてくれたからだろう。そして、世間から後ろ指を指されるかもしれない戦犯の娘であっても、明星ならのびのびと過ごせると思った。明星は多様な生徒や人間を受け入れる寛容さをもった学校だと、加藤のアンテナは察知していたのだろう。

照井は、加藤の拘留中に、君は再び妻子の膝元に、老父母の懐の中に帰って来るような気がすると書いている。「総ての君をめぐる人々の目は朝に夕に、巣鴨の空にそそがれ」みんなが加藤を心配していた。

家族も友人もみんなが加藤の味方をした。そして照井は、長い拘留で人生の大半を費やした加藤に向けて、「君は残る生涯を人類平和の道への殉教者として捧げねばならぬ」と書き、それが「最も君にふさわしい恵まれた生活であるに違い」ないと告げた。

明星は「共働」という理念を掲げ、助け合うことを教えた。人はもっと、単純になり、純化し、人が人を愛すること、自分も含めて人を大切にするようでありたい。「一日一日を人間らしく生きて行く、単純に化して行く偉大なる純化」である。

参考資料

「女優志望の若い女性が見た戦中・戦後」馬場洋子著（明星学園史研究会第8回、２０００年1月）
『この道』赤井米吉遺稿集（赤井つる、１９７５年2月）
『明星学園ＰＴＡ会報』「三十周年記念号」（明星学園父母と教師の会、１９５４年）
『赤井・照井両先生生誕百年誌』「照井猪一郎先生　論文・随筆――Ｔ・Ｋ君への手紙」百年誌編纂委員会編
（明星学園、１９８８年5月）
『私は貝になりたい――あるＢＣ級戦犯の叫び』加藤哲太郎著（春秋社、２００７年7月新装版第二刷）

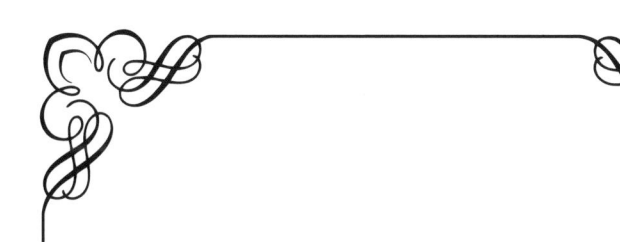

終章

あとがきにかえて

私と内野健児との出会いは、我が家の書棚にあった彼の一冊の全集から始まった。その時は、名もなきプロレタリア詩人で、朝鮮半島に渡って教員をしていたこと、そこで後に作家となる中島敦を教えたこと、さらに、母校の明星学園の教師だったことなど、ごく限られた知識しかなかった。本文も古文調でしばらくは遠ざけていたが、ある時、内野が明星の生徒とつくった新聞『星雲時代』が資料室にあると知り、それから少しずつ彼のことを調べていった。

ごくごく私的な関心から始めたことが、資料室の大草美紀さんの計らいで「明星学園ひと・もの・こと」という明星のウェブサイトに連載することができた。その都度、〝もの知り〟大草さんに助けられ、特に『明星の年輪　明星学園90年のあゆみ』の詳細な記述は頼りになった。そこには内野についても記録されていた。

そして、このサイトの文章を読んでくれた、2期上の先輩、伊集院郁夫さんのお力で、こうして一冊の本にまとめることができた。これは思いもしない嬉しい出来事だった。明星の後輩と先輩でもある、このお二人には感謝を伝えたい。

もう一つ嬉しいことは、近年、内野の代表詩『土墻に描く』が朝鮮語に訳されたこと。早速、東京神保町の韓国本専門書店「チェッコリ」で注文した。本のタイトルは「흙담에 그리다」土墻に描く（フクタムエ クリダ）。翻訳者は엄인경（オム・インギョン）さん。高麗大学のグローバル日本研究院の教授で、日本文学や比較文学などを専門としている。発行は2019年5月1日。本のあとがきには、「朝鮮半島の忘れられた記憶。内野健児の生活と文学」とあり、日韓のわだかまり

をどう超えているのかとても興味を感じた。

　オムさんは、内野を「ヒューマニズム詩人、モダニズム詩人」と呼び、彼の視線は「植民者としての支配または君臨するような見下ろす威圧的なものではない」と差別しない日本人として擁護する。そして、虐待に抵抗する絵巻物を朝鮮半島に描き仕上げたことは、植民地の現実で問題作となるのは当然の推移だったと書く。韓国では、韓国文学や日本文学の研究者が内野を学会で取り上げていることも紹介し、オムさんは自分が「最初のボタン」をかけたと自負する。今後、内野の詩は植民地文学として再評価される側面をもっていると思う。

　詩は、高麗大学院の学生と一緒に朗読しながら翻訳語を探したとあるが、韓国語でどんな音が響いたのだろう。私は内野の教え子、辻万太郎が『土墻に描く』を下宿で朗読した様を思い浮かべ、これは時空を超えた奇蹟だと感じた。

　こうした日韓の架け橋になる出来事は、ほんとうに希望的な話だ。しかし、日本と韓国はそう簡単な関係ではない。文中で引用した『大田公立中学校創立満十年記念』誌について、今もテジョンにある同校に問い合わせた際、ハッと思うことがあった。この記念誌はおそらく1927（昭和2）年に発行されたので、日帝時代の出版物。しかし、韓国にとっては記念誌などというおめでたいものではもちろんなかった。この資料は同校には存在せず、取扱いについては「慎重にお願いします」と念を押された。日帝支配時代に建てられた家屋や資料は戦後、破棄されてきた。このことは日本人として忘れてはいけない。改めて襟を正す思いだった。なお、オムさんの文章の翻訳や、テジョン中学とのやり取りは、友人の韓国人、キム・ビョンソク君にお願いした。感謝したい。

詩人としての内野（新井徹）については、一定の評価がある。戦後、新日本出版社から『日本プロレタリア文学集』（全40巻）が発行され、その第39巻「プロレタリア詩集2」（1987〈昭和62〉年6月30日初版発行）に、彼の詩が6篇収録されている。本の解説を書く土井は、プロレタリア詩全体について「詩の社会性、階級性についての原則的な解明を行い、画期的なリアリズム概念の変革を行ったこと」「詩の対象を労働者、農民はじめ被圧迫大衆においたこと」「運動の組織的な基礎を大衆のなかにおいたこと」「戦争反対の立場を公然とかかげたこと」「他の芸術諸ジャンルと結合協力したこと」「労働者階級からの詩の担い手の成長」をさせた、と多くの点で評価する。これは活動の指導的立場にあった内野と重なる。続けて土井はプロレタリア詩は「内外に誇りうる」とも書き、今後の研究に期待される。私としては、この本では書けなかった彼のプロレタリア文学活動期について、別途、本にまとめる予定でいる。

内野の全集『新井徹の全仕事――内野健児時代を含む抵抗の詩と評論』は、内野の没後40年目に発行され、その年、1983（昭和58）年7月4日付けの朝日新聞と毎日新聞が書評で大きく報じた。本の編集委員、任展慧さんは、文中でも紹介したように、朝鮮時代の内野研究に先鞭を付けた研究者。刊行委員会の一人は私の恩師で、プロレタリア文学研究の第一人者、小田切秀雄先生。この労作には敬意を表したい。また、法政大学の小田切ゼミでともに学び、執筆中からすべて下読みしてくれた、天国にいる夫、田中益三にも感謝を伝えたい。

2024年5月に開かれた明星学園創立100周年記念の一大イベントでは、明星の健在ぶりが披露された。私は本を書く中で、今の明星は果してどんな教育をしているのか気になっていた。現役の先生の話や、教育研究会にも少し出てみた。その中で、一番よく明星の中学生の様子がわかったのは、元中学校副校長、堀内雅人先生の近刊『ほりしぇん副校長の教育談義』（みくに出版）という本だった。この本からは、100年を経て、なおも変わらない明星の自由教育が健在なのがわかった。私はすぐに先生にお会いして、原稿を見て頂いた。今回、本の帯を書いて頂けたことはこの上もない喜びだった。

書き終わってみて、内野の世界をどれだけ紐解くことができただろう。以前、恩師の依田好照先生に内野のことを相談した時、「原石は磨けば宝石になる」と言われ、電話口のその言葉を今も忘れない。その通りになったかどうか、それは今の私にはわからない。

この本はどんな意味をもつのだろうか。〝もの言えぬ時代〟だからこそ、内野の存在は意味を増す。彼のような人間がいなかったなら、人々は生きることを、また世の中や社会が良くなることを諦めてしまうかもしれない。これは私自身への戒めであり、気弱な私にとって内野は〝守り神〟でもある。

一冊になって世に出た本は、読み手に委ねられる。これからの日本を生き抜く一つの指針や活力を与えてくれる本になれば、嬉しい限り。

思えば、この本を書くにあたっては二つの母校のお世話になった。一つは明星学園。そして、もう一つは法政大学。とっくに卒業したハズなのに、不思議な繋がりに驚いている。学校や組織は苦手な私だが、二つの学校にまつわる人々――、幼馴染、友人、先輩、後輩、恩師、家族、そして、現役の先生、生徒、父母、らを思う。おのおのが私を惹き寄せ、学業から40年の時を経て、いまなお何らかのかたちで関わりが続いている。今はただ――、故郷《ふるさと》をもつ幸福感に似たものを味わっている。

〈著者紹介〉

宮下今日子（みやしたきょうこ）

明星学園の小、中、高で学ぶ。43回卒業生。早稲田大学教育学部国語国文科卒業後、法政大学大学院人文科学研究科日本文学専攻修士課程修了（小田切秀雄研究室）。1991年より、日本植民地期の研究誌『朱夏《しゅか》』を自社出版（せらび書房）。「日本人の南方経験」（『朱夏』所収）、「金子光晴の同行者、森三千代」（『越境する視線〜とらえ直すアジア・太平洋』所収）ほか。現在、ライターとして介護や地域コミュニティの記事を執筆している。

新井徹（あらいてつ） ＊内野健児のペンネーム

明治32年2月15日〜昭和19年4月12日（1899〜1944）。詩人。長崎県対馬厳原町生れ。本名内野健児。広島高師国文科卒。在学中「日本詩人」に投稿、卒業後、朝鮮大田中学、京城中学に勤務のかたわら、詩誌『耕人』『亜細亜詩脈』、後藤郁子との『鋲』、朝鮮芸術誌『朝』を刊行。第一詩集『土墻に描く』（大正12年10月、耕人社）は発禁となる。上京して昭和4年8月、後藤と『宣言』を出し、ナップに加盟、昭和9年2月には『詩精神』を創刊。『労働雑誌』『詩人』にも寄稿、詩集に『カチ』（昭和5年4月、宣言社）、『南京虫』（昭和12年11月、文泉閣）などがある。

―『日本近代文学大事典』第1巻。日本近代文学館編・講談社刊。昭和52年12月8日第2版より―

内野健児の詩と教育　明星《みょうじょう》学園の自由とともに

2025年2月14日　初版1刷

著　者　宮下今日子

発行者　伊集院郁夫

発行所　株式会社　新読書社

東京都文京区本郷5-30-20

電話 03-3814-6791　FAX 03-3814-3097

本文組　木椋隆夫　　印刷・製本　日本ハイコム（株）

ISBN978-4-7880-9128-3